元遺山論詩絕句講疏

元遺山論詩絕句講疏

陳湛銓 著

陳達生 陳海生 編

商務印書館

本書由伍福慈善基金贊助出版

元遺山論詩絕句講疏

作　者：陳湛銓
編　者：陳達生　陳海生
責任編輯：許海意
封面設計：涂　慧
出　版：商務印書館（香港）有限公司
香港筲箕灣耀興道三號東滙廣場八樓
http://www.commercialpress.com.hk
發　行：香港聯合書刊物流有限公司
香港新界大埔汀麗路三十六號中華商務印刷大廈三字樓
印　刷：中華商務彩色印刷有限公司
香港新界大埔汀麗路三十六號中華商務印刷大廈十四字樓
版　次：二〇一四年十二月第一版第一次印刷

ISBN 978 962 07 4516 4
Printed in Hong Kong

陳湛銓教授事略

陳教授諱湛銓，字青萍，號修竹園主人。廣東新會縣人。民國五年丙辰生於縣之外海鄉松園里。考諱旭良，字佐臣。居港經商。平生輕財仗義，急人之急。月入雖甚豐，而到手輒盡。鄉里皆稱善人。及下世，囊中遺財僅七十元耳。

教授少聰慧，從鄉宿儒陳景度先生受經學、詩、古文辭及許君書，並隨伍雪波習技擊。十五歲失怙。越年，赴穗垣入讀禺山高中。此前並未接受新式學校教育，遑論初中矣。於時家道中落，寄食七叔父家。教授出身苦學生，每每晨起至夕始得一飯。雖則飢腸轆轆，然益自奮厲，每試必超優，屢得獎學金並免學費。高中教育因以完成。弱冠投考國立中山大學，本欲研物理。會回鄉省親，茶座中與景度師偶及此事，為師所止。謂吾道賴汝昌，姦凶奮誅鋤。因改弦易轍，攻讀中國文學系。師事大儒李笠雁晴、詹安泰祝南、古直公愚、陳洵述叔、黃際遇任初。抗心希古，出入經史百家。詩則取徑於陶、杜、蘇、黃、放翁、遺山諸大家。既學積而氣雄，人豪而材大，所為詩已橫絕不可當。自弱冠而越壯年，諸同學並前輩均以「詩人」見呼。雖師輩亦嘉為江有汜、真宗盟也。畢業後即獲張雲校長器重，聘為校長室秘書兼講師，此殊榮為該校畢業生之第一人。時年二十五耳。

抗日軍興，教授隨校轉進坪石、瀓江等地。越二年，任教貴陽大夏大學文學院。明年，避兵離貴陽至赤水。於時見知於陳寂園、尹石公、葉元龍、孫亢曾諸前輩。煮酒論詩，時多唱和。石老自恨其晚，葉公尊之為天下獨步。及勝利回粵，本以歷數年抗戰奔波，不再擬遠行，然終以難卸大夏大學之再三催促而赴滬。及後，廣東教育耆宿黃麟書先生籌創廣州珠海大學，乃慕名遠赴上海聘其返穗。教授亦冀能多造福桑梓，毅然辭退大夏大學教席，返穗任珠海大學中文系教授。民國三十八年，神州易手。隨校轉遷香港，並講學於學海書樓。迨蔣法賢先生籌辦聯合書院，禮聘教授規畫中國文學系。及蔣氏去職，教授激於義憤，接淅而行。於時兒女成行，家累奇重，倉卒離校，實朝不謀夕者也。而惟義是重，一切不之計。其高風亮節，足以振末世而起頑愚。

教授專力於羣書六十餘年，以國學為終身事業。積學既厚，真氣彌充。乃於民國五十年創辦經緯書院，宣揚國故，恢開義路，嘉惠來士，力迴狂瀾。宿儒曾希穎曾稱經緯為「國學少林寺」。今港中後輩治國故之真能拔乎其萃者，多出其門下，誠無愧此錫號矣。惜時地未便，雖艱苦支撐，亦七年而止。嗣先後任浸會書院、嶺南書院中文系主任。迨八年前因健康欠佳而辭退所有教席，惟仍講學於學海書樓，潛心述易賦詩。其著述計有周易乾坤文言講疏、周易繫辭傳講疏、莊學述要、詩品補注、陶淵明詩文述、元遺山論詩絕句講疏、杜詩編年選注、蘇詩編年選注、修竹園叢稿、讀書劄記及修竹園詩都三萬六千餘首。

教授一生，肩擔大道，既儒且俠，嚴霜烈日，積中發外，故多行負氣仗義之事。視己所當為，恒不顧人之是非。尤恨偽學，輒痛斥之。下筆萬言，廉礪剽悍，銛於干莫。嘗謂在今日橫流中，如出周、程、朱、張之醇儒，實不足以興絕學。要弘吾道，都須霸儒。蓋遏惡戡姦，似非天地溫厚之仁氣所能勝也，故自號霸儒。平素以拘謹勝縱恣，爭萬古，不爭朝夕。教子姪勉諸生，謂仲尼稱射且必爭，況名山真事業耶。至塵俗間之浮名虛位，如不忽之浮塵，視同土梗。且不足以論事功，何文辭之精聖賢之學所以發揮哉。以故教授不甘挫志損心，折腰於廊廟。於衣、食、住三者幾不知享用。斯君子固窮，道勝無戚顏之真儒也。民國七十五年十二月二十日以疾卒，春秋七十有一。

夫人陳琇琦淑德賢良，通曉文墨。教授詩所謂「老萊有婦共逃名，詞賦從來陋馬卿。自讀家人久中饋，何須夫婿在專城」者也。子樂生、赤生、海生、達生，女更生、香生、麗生並研習國故，紹其家學。

（原載於一九八七年五月三日「陳湛銓教授追思大會」場刊）

目錄

序

論詩絕句，濫觴於少陵，大備於遺山。遺山論詩三十首，上起曹劉，下迄黃陳，或量體裁，或審音節，或考論得失，或品第甲乙，均能平理若衡，深中窾會，遂成詩論圭臬。及後學步者繁多，其詩題或詩序注明仿遺山絕句以論詩之清代及近代詩人，計有王士禛、馬長海、袁枚、尹嘉年、謝啟昆、張晉、彭光禮、葉紹本、吳應奎、程恩澤、邵堂、沉澄、潘德輿、楊秀鸞、汪士鐸、林昌彝、虞鈖、黃維申、廖鼎聲、唐仁壽、林楓、朱彭年、陳熾、蔡邦甸、蔣其章、宮爾鐸、謝章鋌、馮煦、楊深秀、李希聖、蘇念禮、秦錫田三十二家，就中謝啟昆讀全唐詩仿元遺山論詩絕句一百首、讀全宋詩仿元遺山論詩絕句二百首、讀中州集仿元遺山論詩絕句六十首，都為三百六十首，規模最盛。仿作者雖多，闡釋者蓋寡。清代及近代箋注評論者，如今所見，僅查慎行、陶玉禾、翁方綱、施國祁、宗廷輔五家，所論均片言隻字，語焉不詳，雖各照蹊徑，然鮮觀衢路。

先師青萍先生，幼而警敏，少而好學，自六經之外，百氏之書，未有得而不披，觀而不吟者，讀書達旦，日記千言，不為寒暑輟也。先生著有元遺山論詩絕句講疏，洋洋十萬言，援引賅博，考證詳晰，探賾以索隱，沿波而討源，補苴舊注，增益百倍於前，遺山論詩精義奧旨，靡不畢見。猶記四十年前，先生於學海書樓講授遺山詩及其論詩絕句，余幸侍講席，聞先生之言，如飲醍醐，遂棄醫從文，重入香港大學中文系修讀中文學士、碩士課程，終以元遺山論詩絕句研究為題，考取哲學博士學位。

今先生捐館舍二十餘年，其哲嗣收拾先生遺稿，補綴校定，將付剞劂，而屬余為序。余義不得辭，於是乎書，而忘其才識之弗逮也。

癸巳深秋受業鄧昭祺敬序於香港大學明德學院。

元遺山論詩絕句講疏

元好問，字裕之，【《書・仲虺之誥》：「好問則裕，自用則小。」兄弟三人，行三，長兄好古，字敏之；（《論語・述而篇》：「我非生而知之者，好古敏以求之者也。」）次兄好謙，字益之。（《易・謙卦・彖辭》：「天道虧盈而益謙。」又《書・大禹謨》：「滿招損，謙受益。」）】別號遺山真隱。金太原秀容人。【在今山西忻縣。遺山生於金章宗明昌元年（公元一一九零年宋光宗紹熙元年），卒於蒙古憲宗七年（公元一二五七年宋理宗寶祐五年）。遺山之死，下距南宋之亡為二十二年，故遺山之詩，亦猶南宋之詩也。】四歲讀書，七歲能詩，太原王湯臣稱為神童。【湯臣名中立，先生《中州集》載其詩六首，入「異人」類，有小傳。末云：「予嘗從先生學，問作詩究竟當如何？先生舉秦少游《春雨》（原名《春日》）詩云：『有情芍藥含春淚，無力薔薇臥曉枝。』（少游七絕五首之二末句也。起云：「一夕輕雷落萬絲，霽光浮瓦碧參差。」）此詩非不工，若以退之之『芭蕉葉大梔子肥』之句校之，則《春雨》為婦人語矣。破却工夫，何至學婦人！」先生《論詩絕句三十首》之第二十四首即本之王湯臣也。詳下。】年十一，其叔父官於冀州，先生從焉。學士路宣叔賞其俊爽，教之為文。（路宣叔名鐸，《金史》有傳。由右拾遺，右補闕累官至翰林侍制兼知登聞鼓院，終孟州防禦使。《金史》云：「鐸剛正，歷官臺諫，有直臣之風。為文尚奇，詩篇温潤精緻，號《虛舟居士集》云。」《中州集》有詩二十六首。）年十四，從陵川（在山西）郝天挺學。【時先生在冀州。天挺字晉卿，《金史》入《隱逸傳》，云：「元好問嘗從學進士業，天挺曰：『今人賦學，以速售為功，六經百家，分磔緝綴，或篇章句讀不之知。幸而得之，不免為庸人。』又曰：『讀書不為藝文（科場制藝之時文），選官不為利養，唯通人能之。』又曰：『今之仕，多以貪敗，皆苦飢寒不能自持耳！丈夫不耐飢寒，一事不可為。子以吾言求之，科舉在其中矣。』或曰：『以此學進士，無乃戾乎？』天挺曰：『正欲渠不為舉子耳！』……為人有崖岸（風骨也），耿耿自信，寧落魄困窮，終不一至豪富之門。」按，郝天挺有二人，別一人字繼先，是先生弟子，為注唐詩鼓吹者。】不事舉子業，淹貫經傳百家，六年而業成。（時先生二十歲，先生十歲後即以路郝等端儒直士為師，深受鑪冶熏習，故能成金源一代文章巨擘，而亮節高風，其所從來遠矣。）於是下太行，渡大河，為《箕山》及《元魯縣琴臺》等詩。（皆五言古。箕山，許由隱居地，在河南登封縣東南。琴臺，唐高士元德秀彈琴處，在河南魯山縣。）二十五歲，以詩文謁見趙秉文、楊雲翼，楊、趙異之，以為近代無此作也，於是名震汴梁。【金宣宗貞祐二年甲戌五月，自燕京徙都汴。清施國祁《遺山先生年譜》將《箕山》《琴臺》二詩編在二十七歲，謁見秉文在二十六歲，非是。先生《答聰上人書》云：「僕自貞祐甲戌，南渡河時，犬馬之齒，二十有五，遂登楊趙之門。（趙秉文，字周臣，號閑閑老人。幼穎悟，讀書若夙習。登進士第，歷官翰林學士，禮部尚書，年七十四卒。自幼至老，未嘗一日廢書。為人至誠樂易，與人交，不立崖岸，未嘗以大名自居。仕五朝，官六卿，自奉養如寒士。楊雲翼，字之美，官至禮部尚書兼侍讀。嘗與趙秉文掌文柄，時人號楊趙。《金史》皆有傳。）所與交：如辛敬之（名愿，自號女几山人。入《金史・隱逸傳》。）雷希顏（名淵，官至翰林修撰。《金史》有傳。）王仲澤（名渥，官至權右司郎中。《金史》附《忠義三・完顏陳和尚傳》。）李欽叔（名獻能，官右司郎中。入《金史・文藝傳》。）麻知幾（名九疇。入《金史・文藝傳》。）諸人，其材量文雅，皆天下之選。僕自以起寒鄉小邑，未嘗接先生長者餘論，內省缺然，故痛自鞭策，以攀逸駕。」】

先生之詩，高華鴻朗，激昂痛快。五言古出入陶、謝、杜、韓、韋、柳；七言古雜言等作，希風李、杜、韓、蘇；樂府在二李之間，要以昌谷為近，而去其幽淒僻險者；五言律全自少陵來；七言律絕：則雖有出於少陵、東坡、山谷、放翁，然挾并州豪傑之氣，發為孤臣激感之辭，立言無方，別具爐鞴，固是遺山先生之詩也。尤其七字律，以躬履家國破亡之運，流徙西東，重遭荼毒，故其所作，驅駕今古，淩越無儔，少陵、山谷，應爾失步，非鍾記室所謂「不遭辛苦，其文亦何能至此」者耶？凡金源亡後之作，尤覺橫絕，蓋薑桂之性，老而愈辣也。先生生於宋、元之間（雖金人，其年代實等南宋，故先生之詩，亦猶宋詩也。），其文辭獨步天下者垂四十年（先生十七歲時，楊誠齋卒；二十一歲時，陸放翁卒。）。肆力於詩且六十載（由七歲至六十八），元杜仁傑序其詩云：「必欲努力追配，當復積學數世，然後再議。」元李治（或作治，非是。）序云：「君嘗言：『人品實居才學氣識之上。』吾因君言，亦嘗謂天下之事皆有品……如君之品，今代幾人？」李仁卿、杜仲梁可謂得玄珠於赤水，謨神睿而為言矣。清人趙翼，不賢識小，其言詹詹，謂先生才不甚大，書卷亦不甚多；近人且有謂先生詩工甚淺者，鄙哉！面牆之論也。曾滌生鈔古今十八家詩，於宋人，若宛陵、六一、半山、後山、簡齋、誠齋等輩，皆不及錄；逕鈔先生之七言律，以繼兩宋健筆蘇、黃、放翁而四，可謂多見守卓，無失文衡。然不並鈔先生之七言絕句，則猶未甚允；蓋先生之七字絕，多至六百首，奇篇重句，出放翁上，雖東坡先生亦何以加焉，惜哉！

金宣宗興定元年丁丑，元裕之好問遺山先生二十八歲，時寓居河南三鄉，有《論詩三十首》，皆七言絕句，題下自注云：「丁丑歲三鄉作。」先生《與聰上人書》云：

「揮毫落筆，自鑄偉詞，以驚動海內則未能；至於量體裁，審音節，權利病，證真贗，考古今詩人之變，有戇直而無姑息，雖古人復生，未敢多讓。」此類是也。清儒錢大昕《十駕齋養新錄》卷十六云：「元遺山論詩絕句，效少陵『庾信文章老更成』諸篇而作也。（杜甫有《戲為六絕句》首篇起句是「庾信文章老更成」，蓋論詩之制。畧前乎遺山者，南宋戴復古有《論詩十絕》。）王貽上仿其體（清王士禎，字貽上，號漁洋山人，有《戲效元遺山論詩絕句三十二首》。），一時爭效之，厥後宋牧仲（宋犖，字牧仲，號漫堂）、朱錫鬯（朱彝尊，字錫鬯，號竹垞）之論畫，厲太鴻（厲鶚，字太鴻，號樊榭）之論詞論印，遞相祖述，而七絕中又別啟一戶牖矣。」清張宗枏《帶經堂詩話纂例》：「山人倣元秀容，作《論詩絕句》，又嘗拈神韻二字示學者，於表聖味在酸鹹之外，【晚唐司空圖，字表聖，其《與李生論詩書》云：「文之難，而詩尤難。古今之喻者多矣。愚以為辨於味，而後可以言詩也。江嶺之南，凡足資於適口者：若醯，非不酸也，止於酸而已；若鹺（鹽之別稱），非不鹹也，止於鹹而已。中華之人，所以充飢而遽輟者，知其鹹酸之外，醇美者有所乏耳；彼江嶺之人，習之而不辨也。」《四庫提要・司空詩品提要》云：「謂『梅止於酸，鹽止於鹹，而味在酸鹹之外』，其持論非晚唐所及。」】滄浪一味妙悟之旨，【宋嚴羽，字儀卿，其《滄浪詩話・詩辯》云：「大抵禪道惟在妙悟，詩道亦在妙悟。且孟襄陽學力下韓退之遠甚，而其詩獨出退之之上者（小詩似爾，五七言古則絕不然。），一味妙悟而已。惟悟乃為當行，乃為本色。」】別有會心。……是中三昧，須慧心領取，鈍根人那得知！」又《帶經堂詩話序》：「花溪（浙江吳縣東南）許蒿廬昂霄先生，……嘗謂余曰：詩中五言七言之界，談詩家未有及之者，自遺山發其端，至新城（漁洋河北新城人）而大暢其說。亦猶詞中小令慢詞之界，填詞家亦無有言之者，自玉田（宋張炎號）發其端，至秀水（朱竹垞浙之秀水人）而直揭其旨。皆所謂驚世絕俗之談，至當歸一之論，斷千百年公案者也。」按：論詩各制，少陵為源，漁洋為委，然漁洋之作，識度筆力，俱視遺山為遠遜。清人每以比方，計東（字東甫，有《改亭集》。）且以為「聲情過之」，蓋阿私之論也。其論詩之一云：

「漢謠魏什久紛紜，正體無人與細論！【注一】
誰是詩中疏鑿手？暫教涇渭各清渾。」【注二】

【注一】江淹《雜體詩序》：「夫楚謠漢風，既非一體；魏製晉造，固亦二體。譬猶藍朱成彩，雜錯之變無窮；宮角為音，靡曼之態不極。」沈約《宋書・謝靈運傳論》：「升降謳謠，紛披風什。」李善注：「《毛詩》題曰《鹿鳴之什》，說者云：詩每十篇同卷，故曰什也。」正體，蓋有別於偽體而言，杜甫《戲為六絕句》之六云：「未及前賢更勿疑，遞相祖述復先誰？別裁偽體親《風》《雅》，轉益多師是汝師。」又正體猶云正聲，李白《古風五十九首》首篇起云：「《大雅》久不作，吾衰竟誰陳？《王風》委蔓草，戰國多荊榛。龍虎相啖食，兵戈逮狂秦。正聲何微茫！哀怨起《騷》人。」先生詩意，謂自漢、魏以來，凡所流傳之古詩及樂府，總雜紛紜，正偽莫別，無人能如孔子之刪《詩》，去蕪存菁，使後之學詩者得其正體矣！

【注二】郭璞《江賦》：「若乃巴東之峽，夏后疏鑿。」《詩・邶風・谷風》：「涇以渭濁，湜湜其沚。」《毛傳》：「涇渭相入而清濁異。」陸德明《釋文》：「涇，音經，濁水也。渭，音謂，清水也。」《說文》：「渾，混流聲也。一曰洿下皃。户昆切。」「洿，濁水不流也。」《老子》：「渾兮其若濁，孰能濁以止？靜之徐清。」清查慎行《初白葊（本作盦，「覆蓋也」。）詩評》云：「分明自任疏鑿手。」是也。故先生除此三十首及《感興》四首外，別有《論詩》三首，《自題中州集後五首》，《答俊書記學詩》一首。又有《杜詩學》一卷，《東坡詩雅》三卷，《錦機》一卷，《詩文自警》十卷，《唐詩鼓吹》十卷，《中州集》十卷，是皆以疏鑿手自任者。惜除《唐詩鼓吹》及《中州集》外，餘皆亡佚耳。

清翁方綱《石洲詩話》卷七云：「『正體』云者，其發源長矣。由漢、魏以上，推其源，實從《三百篇》得之。蓋自杜陵云『別裁偽體』，『法自儒家』，此後更無有能疏鑿河源者耳。」

其二云：

「曹劉坐嘯虎生風，四海無人角兩雄。【注一】可惜并州劉越石，不教橫槊建安中。」【注二】

【注一】曹劉，曹植、劉楨也。梁鍾嶸《詩品序》：「昔曹、劉殆文章之聖，陸（機）、謝（靈運）為體貳之才。」又《詩品上》：「故孔氏之門如用詩，則公幹（劉楨字）升堂，思王（植封陳王，謚思。）入室。」（《法言・吾子篇》：「如孔氏之門用賦也，則賈誼升堂，相如入室矣，如其不用何！」）又：「自陳思以下，楨稱獨步。」元稹《唐檢校工部員外郎杜君墓係銘序》：「言奪蘇、李，氣吞曹、劉。」《易・乾文言》：「雲從龍，風從虎。」《淮南子・天文訓》：「虎嘯而谷風至，龍舉而景雲屬。」劉孝標《廣絕交論》：「夫草蟲鳴則阜螽躍，雕虎嘯而清風起。」又《世說新語・賞譽》：「曹子建七步成章，世目為繡虎。」東坡《次韻張舜民詩》：「此去若容陪坐嘯，故應客主盡詩人。」

【注二】此首旨意在褒揚劉琨詩也。大抵遺山論詩，最主氣格豪邁，風骨蒼堅，故於《論詩》絕句中屢及之。《晉書・劉琨傳》：「字越石，中山魏昌人（在今河北，屬冀州）……永嘉（懷帝）元年，為并州刺史（治太原）。……愍帝即位，拜大將軍，都督并州諸軍事。……（愍帝建興）三年……拜琨為司空，都督并、冀、幽三州諸軍事……元帝轉琨為侍中、太尉，其餘如故。……琨少負志氣，有從橫之才。……與范陽祖逖為友，聞逖被用（元帝用為徐州刺史，尋為豫州刺史。），與親故書曰：『吾枕戈待旦，志梟逆虜（五胡劉聰、石勒），常恐祖生，先吾着鞭。』其志氣相期如此！在晉陽（太原），嘗為胡騎所圍數重，城中窘迫無計，琨乃乘月，登樓清嘯。賊聞之，皆淒然長歎。中夜奏胡笳，賊又流涕歔欷，有懷土之切。向曉復吹之，賊并棄圍而走。」劉越石文武兼資，博學多能，采烈興高，激昂慷慨，豪傑士也。在并州凡十二年，故稱并州劉越石。元稹《杜工部墓係銘序》：「建安之後，天下文士，遭罹兵戰，曹氏父子，鞍馬間為文，往往橫槊賦詩（矛長丈八謂之槊）。其遒文壯節，抑揚哀怨悲離之作，尤極於古。」東坡《送錢承制赴廣南路分都監》詩：「據牀到處堪吹笛（用晉桓伊事），橫槊何人解賦詩？」

按：鍾嶸《詩品》以曹植詩為自漢至梁一百二十二人之冠（應是陶公），而每以劉楨配植，同置上品。曹子建詩為建安第一，是矣；至以劉楨為第二人，豈其然乎！《詩品上》評楨云：「仗氣愛奇，動多振絕，真骨凌霜，高風跨俗。」今觀楨詩，殊不稱是，何哉？曹丕《與吳質書》云：「公幹有逸氣，但未遒耳！其五言詩之善者，妙絕時人。」（據子桓之論，則楨雖有飄逸之氣，然尚未遒勁也。）謝靈運《擬魏太子鄴中詩序》云：「劉楨，卓犖偏人，而文最有氣，所得頗經奇。」元稹亦以氣許曹、劉，今遺山亦爾；豈皆未省子桓「未遒」之諦，徒以《詩品》屢許曹、劉，故但仍習稱耶？抑公幹詩之善者，皆不存於今耶？又《詩品》置劉越石於中品，且但與盧諶並舉，可謂兩失。劉越石挾直北（杜甫《秋興》之四：「直北關山金鼓振，征西車馬羽書馳。」直北，正北方之地也。）豪傑之氣，發激揚蹈厲之辭，與郭景純（璞）並世同時，為典午中興二傑；《詩品序》謂：「先是郭景純用儁上之才，變創其體（變西晉尚黃老談玄之體）；劉越石仗清剛之氣，贊成厥美。」是也；俱置中品，非也。《詩品中》云：「晉太尉劉琨，晉中郎盧諶詩，其源出於王粲，善為淒戾之辭，自有清拔之氣。琨既體良才，又罹厄運，故善敘喪亂，多感恨之辭。中郎仰之，微不逮者矣。」清陳沆《詩比興箋・劉琨詩箋》云：「元遺山《論詩絕句》曰：『曹、劉坐嘯虎生風，四海無人角兩雄。可惜并州劉越石，不教橫槊建安中。』謂劉楨淺狹闃寥之作，未能以敵三曹；惟越石氣蓋一世，始足與曹公蒼茫相敵也。」此又陳沆曲為之解矣。遺山原無貶抑劉楨意，特陳沆知楨詩非遒上，故牽彼就我耳。三曹亦誤，惟孟德、子建詩天骨開張，沈鬱蒼茫耳，子桓則是陰柔一派，絕非虎生風之比也。劉琨詩今只存三首，俱錄在《昭明文選》中。（別有《胡姬年十五》樂府一首。明李伯璵、馮原同編之《文翰類選》及明劉節之《廣文選》皆誤以為晉劉琨作；然宋郭茂倩《樂府詩集》已明標為梁劉琨作，《四庫提要》卷一百九十二《廣文選》一書下亦已詳辨之矣。）三詩以《重贈盧諶》一篇為極詣，結十句云：「功業未及建，夕陽忽西流，時哉不我與！去乎若雲浮。朱實隕勁風，繁英落素秋，狹路傾華蓋，駭駟摧雙輈。何意百鍊剛，化為繞指柔。」一氣呵成，滾滾直下，誠「真骨淩霜，高風跨俗」、「辭源倒流三峽水，筆陣橫掃千人軍」者！此等詩，只子建《箜篌引》《白馬篇》可與匹敵，公幹何可比也！

《石洲詩話》云：「論詩從建安才子說起，此真詩中疏鑿手矣。李太白亦云：『蓬萊文章建安骨。』韓文公亦云：『建安能者七』（《薦士》五古，下句云：「卓犖變風操」）。此於曹、劉後，特舉一劉越石，亦詩家一大關捩。」

其三云：

「鄴下風流在晉多，壯懷猶見缺壺歌。【注一】風雲若恨張華少，温李新聲奈爾何！」【注二】先生自注：「鍾嶸評張華詩，恨其兒女情多，風雲氣少。」

【注一】鄴下風流：指建安間曹氏父子及建安七子等之詩篇也。曹操於漢獻帝建安九年逐袁尚，平定鄴城（今河南臨漳縣），即盤據此地。建安十五年，築銅雀臺於鄴。十八年，獻帝策封操為魏公，都鄴，建社稷宗廟。二十一年，進封為魏王。鄴城乃建安間曹操為魏公、魏王時所都地，故遺山稱曹氏父子及王粲、劉楨等詩酒之會為鄴下風流也。《文心雕龍・時序篇》：「自獻帝播遷（由洛陽至長安，再由長安歸洛陽，又復由洛陽遷許昌。），文學蓬轉，建安之末，區宇方輯（安定也）。魏武以相王之尊，雅愛詩章；文帝以副君之重，妙善辭賦；陳思以公子之豪，下筆琳瑯。並體貌（禮遇也，賈誼《陳政事疏》：「所以體貌大臣而厲其節也。」顏師古注曰：「體貌，謂加禮容而敬之。」）英逸，故俊才雲蒸。仲宣委質於漢南（王粲由荊州歸坿，荊州在漢水南），孔璋歸命於河北（陳琳由冀州歸坿），偉長從宦於青土（徐幹由山東青州來），公幹徇質於海隅（劉楨自山東東平來），德璉（應瑒字）綜其斐然之思，元瑜（阮瑀字）展其翩翩之樂（曹丕《與吳質書》：「德璉常斐然有述作之意，……元瑜書記翩翩，致足樂也。」以上又畧本曹植《與楊德祖書》。）；文蔚（路粹字）、休伯（繁欽字）之儔，于叔（邯鄲淳字）、德祖（楊修字）之侶，傲雅（猶傲睨，高視貌。）觴豆之前，雍容衽席之上，灑筆以成酣歌，和墨以藉談笑（即《與吳質書》所謂「每至觴酌流行，絲竹並奏，酒酣耳熱，仰而賦詩」也）。觀其時文，雅好慷慨，良由世積亂離，風衰俗怨，並志深而筆長，故梗概（強勁之意）而多氣也。（梗概，謂骨峻，所謂「建安風力」也。）」缺壺歌：「《晉書・王敦傳》：「少有奇人之目。……建武（元帝年號）初，拜侍中、大將軍、江州牧，……尋加荊州牧。……敦務自矯厲，雅尚清談，口不言財色。既素有重名，又立大功於江左（平華軼杜弢之亂），專任閫外，（《史記・馮唐傳》：「唐對文帝曰：『臣聞上古王者之遣將也，跪而推轂曰：閫以內者，寡人制之；閫以外者，將軍制之。』」）手控彊兵，羣從貴顯，威權莫貳，遂欲專制朝廷，有問鼎之心，【《左傳》宣公三年：楚子（莊王）伐陸渾（河南嵩縣北）之戎，遂至於雒，觀兵於周疆。定王使王孫滿勞楚子，楚子問鼎之大小輕重焉。」蓋有圖周之意也。】帝畏而惡之，遂引劉隗（都督青、徐諸軍事）、刁協（為尚書令）等以為心膂。敦益不能平，於是嫌隙始構矣。每酒後，輒詠魏武帝樂府（《碣石篇》）曰：『老驥伏櫪，志在千里；烈士暮年，壯心不已。』以如意打唾壺為節，壺邊盡缺。」遺山詩意，謂建安激昂慷慨發揚蹈厲之音，入晉尚多，於王敦之酒後擊唾壺詠曹孟德傑句，其豪邁橫放之風可想見矣。此首是承上首建安風力之作來，蓋建安激揚壯烈之作，於晉人如左太沖、劉越石、郭景純輩，固足與之抗衡，流風不墜；即令如王敦之不以詩鳴者，猶能愛賞魏武雄邁之作，奈何晉初翊贊平吳負天下重名、且學博才多之司空張華，偏專為華豔妍冶之辭，至使鍾嶸恨其兒女情多，風雲氣少哉？如鍾嶸言，若其生丁唐後，及見晚唐溫庭筠、李商隱等之豔歌新聲，又不知作何感慨矣！此遺山本意也。《晉書・張華傳》：「字茂先……學業優博，辭藻溫麗，朗贍多通，圖緯方技之書，莫不詳覽。少自修謹，造次必以禮度，勇於赴義，篤於周急，器識弘曠，時人罕能測之。……晉受禪，拜黃門侍郎，封關內侯。華強記默識，四海之內，若指諸掌。……帝甚異之，時人比之子產。數歲，拜中書令，後加散騎常侍。……（伐吳時）及將大舉，以華為度支尚書（猶今財政部長，力主伐吳），乃量計運漕（水路運兵及輸送），決定廟算（《孫武子・計篇》：「夫未戰而廟勝者，得算多也；未戰而廟算不勝者，得算少也。」廟算，告廟時之成算也。）……及吳滅……其進封為廣武郡侯。……華名重一世，眾所推服。……當時詔誥，皆所草定，聲譽益隆，有台輔之望焉。……惠帝即位，以華為太子少傅，……有功，拜右光祿大夫、開府儀同三司、侍中、中書監。……進封壯武郡公，……為司空。……（及趙王倫篡位，遂被害。）朝野莫不悲痛之，時年六十九。華性好人物，誘進不倦，至于窮賤候門之士，有一介之善者，便咨嗟稱詠，為之延譽。雅愛書籍，身死之日，家無餘財，惟有文史溢於機篋。……博物洽聞，世無與比。……華著有《博物志》十篇（存）及文章（《隋志》著錄《晉司空張華集》十卷，殘。）並行於世。」又有《雜記》五卷，亡；又《雜記》十一卷，亦亡。明張溥《漢魏六朝百三名家集》有《張茂先集》不分卷，非《隋志》之舊。清嚴可均《全上古三代秦漢三國六朝文・全晉文》輯文一卷，近人丁福保《全漢三國晉南北朝詩・全晉詩》輯詩二十六首，另有闕文者五首；《昭明文選》入六首。梁鍾嶸《詩品》置其詩於中品，評云：「晉司空張華詩，其源出於王粲，其體華豔，興託不奇，巧用文字，務為妍冶。雖名高曩代，而疏亮之士，猶恨其兒女情多，風雲氣少。【清何焯《義門讀書記》云：「張公詩，唯《勵志》一篇（四言，已入《文選》。），餘皆女郎詩也。」義門此論過酷，惟《情詩》五首為然耳。】謝康樂云：『張公雖復千篇，猶一體耳！』今置之中（應是上）品疑弱，處之下科（應是中品）恨少，在季孟之間矣。」（《史記・孔子世家》：「（齊）景公止孔子曰：『奉子以季氏，吾不能。』以季、孟之間待之。」魯三卿，季孫氏最貴，孟孫氏最下。）

【注二】《新唐書・溫大雅傳》附《廷筠傳》：「廷筠少敏悟，工為詞章，與李商隱皆有名，號『溫李』。然薄於行，無檢幅，又多作側辭豔曲，與貴冑裴誠（度子。度五子，識、諗知名。）令狐滈（楚幼子）等蒱飲狎昵。」又《舊唐書・文苑傳下》：「溫庭筠者，本名岐，字飛卿。大中（宣宗）初，應進士，苦心硯席，尤長於詩賦。初至京師，人士翕然推重。然士行塵雜，不修邊幅，能逐絃吹之音，為側豔之詞。」（依聲度曲，為側豔不正之詞，飛卿實多；然以兒女之情，寄託其不遇之感耳，豈皆淫靡之聲哉！）又《新唐書・文藝傳下》：「李商隱，字義山。……商隱初為文，瑰邁奇古；及在令狐楚府（為巡官），楚本工奏章（時唐奏章用駢體四六），因授其學。商隱儷偶長短，而繁縟過之。時溫庭筠、段成式俱用是相夸，號『三十六體』。」（三人皆兄弟排行十六，故云。）明何良俊《四友齋叢説》卷二十五《詩二》云：「《齊梁體》（豔體五古），自盛唐一變之後，不復有為之者。至溫、李出，始復追之。今觀溫飛卿《西州曲》：『單衫杏子紅，雙鬢鴉雛色』之句，及李義山《無題》云：『八歲偷照鏡，長眉已能畫……十五泣春風，背面鞦韆下。』《無題》（五律）云：『照梁初有情，出水舊知名。……莫近彈棊局，中心最不平。』《詠月》（五律）云：『池上與橋邊，難忘復可憐。……姮娥無粉黛，只是逞嬋娟。』《詠荷花》（五律）云：『都無色可並，不奈此香何！……預想前秋別，離居夢櫂歌。』《效江南曲》（五言古律）云：『郎舡安兩槳，儂舸動雙橈。……莫以採菱唱，欲羨秦臺簫。』又《效徐陵體賜更衣》（五言古律）云：『密帳真珠絡，溫幃翡翠裝。……輕寒衣省夜，金斗熨沈香。』此作雜之《玉臺新詠》中，夫孰有能辨之者？」按：溫飛卿詩詞俱豔，無論矣；至李義山之作，則約分兩體：一體是由六朝及李青蓮、李長吉樂府來，是豔體，其樂府及《無題》諸作是也；另一體則由少陵、昌黎來，雄渾清勁，是大手筆也。如《韓碑》七古，雖昌黎復生，亦何以加焉！此云溫、李新聲，殆指義山豔體諸制也。翁方綱《石洲詩話》卷七云：「此首特舉晉人風格高出齊、梁也，非專以斥薄溫、李也。後章『精純全失義山真』，豈此之謂乎！義山在晚唐時，與飛卿、柯古（段成式字）並稱『三十六體』，原自以綺麗名家；是又不能盡以義山得杜之精微而概例之也。即放翁論詩，亦有『溫、李真自《鄶》』之句（放翁《示子遹》五古：「數仞李、杜牆，常恨欠領會。元、白纔倚門，温、李真自《鄶》。」《左傳》襄公三十九年：「自《鄶》以下，無譏焉。」《鄶》即《詩．檜風》，吳季子不復譏評，以其微不足道也。），蓋論晚唐格調，自不得不如此。遺山之論，前後非有異義耳。」

其四云：

「一語天然萬古新，豪華落盡見真淳。【注一】
南窗白日羲皇上，未害淵明是晉人。」【注二】
先生自注云：「陶淵明，唐之白樂天。」一作
「柳子厚，晉之謝靈運；陶淵明，唐之白樂天。」【注三】

【注一】此首是論陶公，前兩句論其詩，後兩句則是論世知人矣。「天然」「真淳」四字是陶公詩品，是真知其佳處者；「一語萬古新」，則推崇之至矣。其云「豪華落盡」者，謂陶詩剷盡豪奢華麗之語耳，非謂其詩不豪雄警健也。山谷《次韻楊明叔見餞》詩：「皮毛剝落盡，惟有真實在。」遺山《繼愚軒和黨承旨雪詩》五古云：「君看《陶集》中，《飲酒》

與《歸田》，此翁豈作詩？直寫胸中天。天然對雕飾（李白《經亂離後，天恩流夜郎，憶舊遊，書懷，贈江夏韋太守良宰》五古：「清水出芙蓉，天然去雕飾。」），真贋殊相懸！乃知時世妝，粉綠徒爭憐！」可以知其意矣。山谷《宿舊彭澤懷陶令》五古云：「彭澤當此時，沈冥一世豪。」又云：「空餘詩語工，落筆九天上。」山谷之「沈冥一世豪」，謂陶公本是一代豪傑，但生當晉氏末葉，天下事已無可為，故令此一世人豪，沈冥於詩酒中耳；其云「落筆九天上」，則與遺山之「一語天然萬古新」同意矣。昭明太子《陶淵明集序》云：「其文章不羣，辭采精拔（豪華落盡見真淳），跌宕昭彰，獨超眾類，抑揚爽朗，莫之與京。（《左傳》莊公二十二年：「八世之後，莫之與京。」杜預注：「京，大也。」）橫素波而旁流，干青雲而直上。（橫如滄海之浩汗無涯，縱如青雲之峻極于天。）語時事則指而可想（指寄託），論懷抱則曠而且真；加以貞志不休，安道苦節，不以躬耕為恥，不以無財為病，自非大賢篤志，與道汙隆（《禮記・檀弓上》：「子思曰：昔者吾先君子，無所失道，道隆則從而隆，道污則從而汙。」鄭玄注：「汙，殺也。」殺，衰也，降減也。），孰能如此乎？」宋胡仔《苕溪漁隱叢話・後集》卷三云：「鍾嶸評淵明詩為古今隱逸詩人之宗，余謂陋哉！斯言豈足以盡之？不若蕭統云：……此言盡之矣。」陶公詩，自昭明、東坡、山谷、朱子、真西山等，皆推為古今第一，是矣。鍾嶸列之於中品，且謂其源出於應璩，是《詩品》不慊人意處。近人古公愚先生撰《詩品箋》，為之迴護，謂《太平御覽》五百八十六引《詩品》自《古詩》李陵至謝靈運陶潛十二人皆上品，今傳《詩品》列之中品，乃後人所竄亂等語，此是古先生酷愛仲偉書，故特為之辭耳。今按《太平御覽》卷五百八十六《文部・詩類》引云：「鍾嶸《詩評》曰：《古詩》、李陵、班婕妤、曹植、劉楨、王粲、阮籍、陸機、潘岳、張協、左思、謝靈運等十二人詩皆上品。」由《古詩》至謝靈運是十二家，以人算之，則由李陵起為十一人（無陶潛），然《御覽》稱十二人，實並數《古詩》，特以家數為人數耳，否則無十二人也。又《御覽》引述上條後，緊接下條是錄《詩品》評陶潛詩語，則是李昉等輩愛陶詩，故並錄之，以接於大謝後耳，豈謂《詩品》原列陶公於上品哉！又近人每以陶公為徒樂田園，不知家國事，號之為「田園詩人」，以其詩但流連光景，範水模山，措辭平淡，無雄直氣。此實瞽說，萬不可從。蘇轍為東坡撰《和陶淵明詩引》云：「東坡先生謫居儋耳……是時轍亦遷海康，書來告曰：『……吾於詩人無所甚好，獨好淵明之詩。淵明作詩不多，然其詩質而實綺（此綺字是指天然之美），癯而實腴，自曹、劉、鮑、謝、李、杜諸人，皆莫及也。然吾於淵明，豈獨好其詩也哉？如其為人，實有感焉。』」山谷《臥陶軒》五古云：「萬卷曲肱裏，胸中湛秋霜。」《朱子語類》卷一百四十云：「陶淵明詩，人皆說是平淡；據某看他自豪放，但豪放得來不覺耳！其露出本相者，是《詠荊軻》一篇，平淡底人，如何說得這樣言語出來？」又云：「韋蘇州……直是自在，其氣象近道；……陶却是有力，但語健而意閑。隱者多是帶性負氣之人為之，陶欲有為而不能者也。」又《向薌林文集後序》云：「張子房五世相韓，韓亡，不愛萬金之產，弟死不葬，為韓報讎。……使千載之下，聞其風者，想像歎息（《史記・留侯世家贊》：「余以為其人，計魁梧奇偉；至見其圖，狀貌如婦人好女。蓋孔子曰：『以貌取人，失之子羽。』留侯亦云。」），不知其心胸面目為如何人？其志可謂壯哉！陶元亮自以晉世宰輔子孫，恥復屈身後代，自劉裕篡奪勢成，遂不肯仕。雖功名事業，不少概見，而其高情逸想，播於聲詩者，後世能言之士，皆自以為莫能及也。蓋古之君子，其於天命民彝君臣父子大倫大法所在，惓惓如此！是以大者既立，而後節概之高，語言之妙，乃有可得而言者。」真德秀《跋黃瀛甫擬陶詩》云：「……雖其遺寵辱，一得喪，真有曠達之風，細玩其詞，時亦悲涼感慨，非無意世事者。或有徒知義熙以後不著年號，為恥事二姓之驗【沈約《宋書・隱逸・陶潛傳》：「自以曾祖（陶侃於成帝時為太尉、大將軍，卒贈大司馬。）晉世宰輔，恥復屈身後代，自高祖（劉裕）王業漸隆，不復肯仕。所著文章，皆題其年月，義熙（晉安帝）以前，則書晉氏年號；自永初（宋武帝劉裕篡晉始元）以來，唯云甲子而已（唯以干支紀年也）。」】；而不知其眷眷王室，蓋有乃祖長沙公（陶侃）之心，獨以力不能為，故肥遯以自絕（《易・遯卦》：「上九，肥遯，無不利。」）。食薇飲水之言，銜木填海之喻（《擬古》九首之八：「飢食首陽薇，渴飲易水流。」《讀山海經》十三首之十：「精衛銜微木，將以填滄海；刑天舞干戚，猛志固常在。」），至深痛切，顧讀者弗之察耳。淵明之志若是，又豈毀彝倫外名教者可同日語乎！」王應麟《困學紀聞》卷十八《詩評》云：「陶靖節之《讀山海經》，猶屈子之賦《遠遊》也。『精衛銜微木，將以填滄海；刑天舞干戚，猛志故常在。』（《山海經》卷三《北山經》：「發鳩之山，……有鳥焉，其狀如烏，文首白喙赤足，名曰精衛，其鳴自呼，是炎帝之少女，名曰女娃。女娃游于東海，溺而不返，故為精衛，常銜西山之木石，以湮於東海。」又卷七《海外西經》：「奇肱之國，……刑天與帝至此爭神，帝斷其首，葬之常羊之山，乃以乳為目，以臍為口，操干戚以舞。」）悲痛之心，可為流涕。」謝枋得《碧湖雜記》：「……劉氏自庚子得政（晉安帝隆安四年）至庚申革命（晉恭帝元熙二年），凡二十年，淵明自庚子以後題甲子者，蓋逆知末流必至於此，忠之至，義之盡也！」宋陳模《懷古錄》卷上云：「……蓋淵明人品素高，胸次灑落，信筆而成，不過寫胸中之妙爾！未嘗以為詩，亦未嘗求人稱其好，故其好者皆出於自然，此其所以不可及。……淵明則毛皮落盡，唯有真實，雖是枯槁，而實至腴，非用工之深，鮮能真知其好。」金趙秉文《東籬采菊圖》五古：「淵明初出仕，迹留心已遠。雅志懷林淵，高情邈雲漢。妖狐同晝昏，獨鶴驚夜半。平生忠義心，回作松菊伴。」元吳澄《詹若麟淵明集補注序》：「予嘗謂楚之屈大夫，韓之張司徒，漢之諸葛丞相，晉之陶徵士，是四君子者，其制行也不同，其遭時也不同，而其心一也。一者何？明君臣之義而已，欲為韓而斃呂殄秦者，子房也；欲為漢而誅曹殄魏者，孔明也。雖未能盡如其心焉，然亦畧可申其志願矣。靈均逆睹讒臣之喪國，淵明坐視強臣之移國，而俱莫如之何也！畧申志願者，其事業見於世；莫如之何者，將沒世而莫之知，則不能不託空言以洩忠憤。此予所以每讀屈辭陶詩，而為之流涕太息也。……嗚呼！陶子無昭烈之可輔以圖存，無高皇之可倚以復讎，無可以伸其志願，而寓於詩；使後之觀者，又昧昧焉，豈不重可悲也哉！」凡此諸賢之論，可謂得其意矣。茲復畧舉陶詩之傑句如次：《停雲》第二章云：「八表同昏，平陸成江。」《神釋》云：「縱浪大化中，不喜亦不懼。」《九日閒居》云：「如何蓬廬士，空視時運傾！」《移居》二首之一云：「鄰曲時時來，抗言談在昔。」《酬劉柴桑》云：「空庭多落葉，慨然知已秋。」《和郭主簿》二首之二云：「芳菊開林耀，青松冠巖列，懷此貞秀姿，卓為霜下傑。」《癸卯歲十二月中作與從弟敬遠》云：「蕭索空宇中，了無一可悅，歷覽千載書，時時見遺烈。」《庚子歲九月中於西田穫早稻》云：「田家豈不苦？弗獲辭此難！四體誠乃疲，庶無異患干。」《飲酒》二十首之五云：「結廬在人境，而無車馬喧，問君何能爾？心遠地自偏。」（此《易‧遯卦‧象辭》「君子以遠小人，不惡而嚴」之意。王安石曰：「淵明有奇絕不可及之語，如結廬在人境四句，由詩人以來無此句。」）其九云：「紆轡誠可學，違己詎非迷？且共歡此飲，吾駕不可回。」（昭明《陶淵明集序》：「吾觀其意不在酒，亦寄酒為迹者也。」昌黎《送王含秀才序》：「……及讀阮籍、陶潛詩，乃知彼雖偃蹇，不欲與世接，然猶未能平其心，或為事物是非所感發，於是有託而逃焉者也。」）其十九云：「是時向立年，志意多所恥，遂盡介然分，拂衣歸田里。」《擬古》九首之八云：「少時壯且厲，撫劍獨行遊，誰言行遊近？張掖至幽州。飢食首陽薇，渴飲易水流。」《雜詩》十二首之二云：「欲言無予和，揮杯勸孤影（李光地曰：「非豪傑之士，不能為此言。」）。日月擲人去，有志不獲騁。」其五云：「憶我少壯時，無樂自欣豫，猛志逸四海，騫翮思遠翥。」《詠貧士》七首之五云：「芻藁（一作藁）有常溫，採莒（芋也）足朝餐，豈不實辛苦？所懼非飢寒。」《詠荊軻》云：「惜哉劍術疏，奇功遂不成，其人雖已沒，千載有餘情。」《讀山海經》十三首之十云：「精衞銜微木，將以填滄海；刑天舞干戚，猛志固常在。」凡此之類，情見乎辭，實並忠臣烈士真儒於一身；豈可以皮相目論，以為徒樂田園，聯綴風物哉！

【注二】陶公《與子儼等疏》：「少學琴書，偶愛閑靜，開卷有得，便欣然忘食；見樹木交蔭，時鳥變聲，亦復歡然有喜。常言：五六月中，北窗下臥，遇涼風暫至，自謂是羲皇上人。」陶公置榻於北窗下，即是面迎南窗之涼風矣，故遺山變之云南窗也。自謂是羲皇以上人，猶云我是晉人，非劉宋之民也。此與《桃花源記》之「問今是何世，乃不知有漢，無論魏、晉」同意，蓋皆暗非劉宋者。近世吾粵詩人曾習經剛甫《題靖節桃花源記》七絕云：「八識都歸性境真（三界唯心，萬法唯識，謂假即假，謂真即真。），桃花夾岸自通津。相逢便問今何世，始覺陶潛是恨人。」末二句殊有識，然其意實自遺山「南窗白日羲皇上，未害淵明是晉人」來也。《宋書・隱逸傳》謂「所著文章，皆題其年月，義熙以前，則書晉氏年號；自永初以來，唯云甲子而已。」沈休文固是實錄，亦深得《春秋》懲惡勸善之旨矣。晉亡時，陶公年五十六，後七年始卒，遺山此二語，得孟子論世知人之意矣。顏延年《陶徵士誄》云：「有晉徵士潯陽陶淵明。」朱子《通鑑綱目》於宋文帝元嘉四年十一月書云：「晉徵士陶潛卒。」皆遺山「未害淵明是晉人」之意也。遺山二十八歲論詩，已識淵明深衷，故其後金亡亦不仕元，與淵明後先相契，若合符節。揚子雲曰：「言，心聲也；書，心畫也。聲畫形，君子小人見矣。聲畫者，君子小人之所以動情乎！」（《法言・問神篇》）子雲之論，於遺山為有徵矣。

【注三】先生此注差失。豈太原詩人，五百年間惟一樂天，故爾推尊之耶？《山谷題跋》卷二《跋柳子厚詩》云：「如白樂天，自云效陶淵明，數十篇，終不近也。」【白居易有《效陶潛體詩十六首并序》，又有《訪陶公舊宅并序》。又《與元九書》云：「晉、宋已還，得者蓋寡（謂詩之六義），……以淵明之高古，偏放於田園。……于時六義寖微矣！陵夷矣！」其識如此，烏足以望靖節之清塵哉！】宋蔡啟《蔡寬夫詩話》：

「淵明詩，唐人絕無知其奧者，惟韋蘇州、白樂天嘗有效其體之作。而樂天去之，亦自遠甚！」又云：「樂天既退閒，放浪物外，若真能脱屣軒冕者；然榮辱得失之際，銖銖較量，而自矜其達，每詩未嘗不着此意，是豈真能忘之者哉！亦力勝之耳。惟淵明則不然。……以意逆志（《孟子・萬章上》：「故説詩者不以文害辭，不以辭害志；以意逆志，是為得之。」），人豈難見？以是論賢不肖之實，亦何可欺乎！」《朱子語類》卷一百四十云：「樂天，人多説其清高，其實愛官職，詩中凡及富貴處，皆説得口津津地涎出。」三者之論皆是也。

其五云：

「縱橫詩筆見高情，何物能澆磈磊平？
老阮不狂誰會得？出門一笑大江橫。」【注一】

【注一】此論阮籍嗣宗詩也。意謂：嗣宗生當曹魏將亡之世，司馬氏專權，篡竊勢成，無可為計者；其胸中所蘊積不平之氣，以酒澆之不足，又發而為聲詩，筆勢縱橫，高情具見，其縱酒長嘯，行事怪異，人或以為癡狂；誰識其高情逸韻，眼高四海，塵垢粃糠，浮雲富貴，了不知司馬氏為何物乎？阮公、陶公，其詩品人品皆畧同，而陶公尤高，故遺山論陶後即繼之以阮也。（陶公詩，其源實出《小雅》，亦兼有阮步兵之體，特聲徹九霄，才高四海，尚非阮所及耳！）鍾嶸《詩品上》：「晉步兵阮籍詩【稱晉誤，應云魏。阮嗣宗卒於魏常道鄉公景元四年，二年後曹魏始亡，《魏志・王粲傳》坿阮籍、嵇康（先阮一年卒）是也。】，其源出於《小雅》。無雕蟲之巧，（揚雄《法言・吾子篇》：「童子雕蟲篆刻，壯夫不為也。」）而《詠懷》之作（今傳五言《詠懷詩》八十二首，四言三首），可以陶性靈，發幽思。言在耳目之內（賦形寫物，如在目前。），情寄八荒之表（含意無窮，使人莫測。），洋洋乎會於《風》《雅》，使人忘其鄙近，自致遠大。頗多感慨之詞，厥旨淵放，歸趣難求（淵深放逸，本旨難知。），顏延年注解，怯言其志。」（李善《文選注》引顏延年曰：「嗣宗身仕亂朝，常恐罹謗遭禍，因茲發憤，故每有憂生之嗟。雖志在刺譏，而文多隱避，百代之下，難以情測。故粗明大意，畧其幽旨也。」按：老阮非徒憂禍發憤，實深惡司馬氏之篡逆者！顏延年本晉人，與陶公友，少十九歲，及劉宋篡晉後，入仕於宋，故其注阮詩，不敢斥言易代之事耳！豈真百代之下，難以情測哉！）按：竹林之遊（在河南輝縣西南），嵇、阮實為之首，本皆魏人。叔夜與曹操子沛穆王林之孫女婚，為魏中散大夫。嗣宗則建安七子中阮瑀之子，本皆欲效忠曹魏者；然於司馬昭篡魏之心，路人皆知之際（《魏志・高貴鄉公紀》劉宋裴松之注引晉習鑿齒《漢晉春秋》曰：「帝見威權日去，不勝其忿，乃召侍中王沈、尚書王經、散騎常侍王業謂曰：『司馬昭之心，路人所知也。吾不能坐受廢辱，今日當與卿自出討之。』」），而彼文士，職微勢孤，不能撥亂而反之正，故與同志數子，結為竹林之遊，縱酒沈冥，以遺落世事耳。竹林黃壚，是消極抵抗惡勢力之舉；

（《世説新語・傷逝》：「王濬沖為尚書，著公服，乘軺車，經黃公酒壚下過，顧謂後車客：『吾昔與嵇叔夜、阮嗣宗，共酣飲於此壚；竹林之遊，亦預其末。自嵇生夭阮公亡以來，便為時所羈紲，今日視此雖近，邈若山河。』」）而其本身，則是慢性自殺之類。其後淵明之縱酒，即師嗣宗故智；而叔夜之賤司馬而受誅，實與孔北海侮曹同風，是殺身成仁者也。《晉書・阮籍傳》云：「籍本有濟世志，屬魏、晉之際，天下多故，名士少有全者；籍由是不與世事，遂酣飲為常。」其意可見矣。後人每謂晉代名士，以清談誤國，羣相歸罪於竹林。晉人清談誤國，是也；歸罪竹林，非也。東晉戴逵安道之《放達非道論》有云：「竹林之為放，有疾而為顰者也；元康（惠帝時王衍等）之為放，無德而折巾者也（《後漢書・郭太傳》：「嘗於陳、梁間行，遇雨，巾一角墊。時人乃故折巾一角，以為林宗巾。」），可無察乎？」戴安道可謂知嵇、阮之本志者矣。又顏延年《五君詠》（本是詠竹林七賢，以山濤、王戎入晉貴顯，故黜之。）詠《阮步兵》云：「阮公雖淪跡，識密鑒亦洞。（謂雖本身沈淪，不與世事，而識見周密，鑒照洞明。《晉書・阮籍傳》：「籍雖不拘禮教，然發言玄遠，口不臧否人物。」識密鑒洞，即遺山之老阮不狂也。）沈醉似埋照，寓辭類託諷（溺酒不欲觀世，為詩所以刺時）。長嘯若懷人，越禮自驚眾。（李善注引晉孫盛《魏氏春秋》謂籍「長嘯，清韻響亮。」懷人，豈欲逢高皇、光武之流耶？《晉書・阮籍傳》：「籍嫂嘗歸寧，籍相見與別。或譏之，籍曰：『禮豈為我設耶？』」意以為禮為小人設也。）物故不可論，途窮能無慟？」（謂世變叵測，故口不臧否人物；至於獨哭窮途，則痛曹魏之必亡也。《晉書・阮籍傳》：「時率意獨駕，不由徑路，車迹所窮，輒慟哭而反。」）

斯延之非不識其幽旨也。江淹《雜體詩》三十首《擬阮步兵籍詠懷》結句云：「精衛銜木石，誰能測幽微？」斯與陶公同風，真知嗣宗詠懷本志者矣。磈壘：謂胸中滿堆不平物如眾石磊磊然也。《世說新語・任誕》：「王孝伯（恭）謂王大（忱）：『阮籍何如司馬相如？』王大曰：『阮籍胸中壘塊，故須酒澆之。』」山谷《次韻子瞻武昌西山》七古：「平生四海蘇太史，酒澆天下胸崔嵬。」老阮：籍與兄子咸同在竹林之列，此以別於小阮耳。不狂：陸放翁《晚興》七律五六：「屈子所悲人盡醉，酈生常謂我非狂。」（《史記・酈食其傳》：「縣中皆謂之狂生。」）《晉書・阮籍傳》：「當其得意，忽忘形骸，時人多謂之癡。」遺山《楚漢戰處》七律結句亦云：「成名豎子知誰謂？擬喚狂生與細論？」【《晉書・阮籍傳》：「嘗登廣武（河南廣武山），觀楚漢戰處，歎曰：『時無英雄，遂使豎子成名！』」所斥豎子，蓋謂司馬氏父子懿、師、昭也。】末句全本山谷詩，遺山借用耳。山谷《王充道送水仙花五十枝，欣然會心，為之作詠》七古結句云：「坐對真成被花惱，出門一笑大江橫。」山谷謂坐對此花，自覺面目可憎，真成唐突佳人，被其惱怒；故不敢相對，轉身出門，則大江前橫，如剖心胸，一洗荊棘，覺塵慮皆空，俗物都茫茫也。遺山用其意，謂阮嗣宗當年，眼高四海，一笑而萬物皆空，目中殊無司馬昭等輩也。

《師友詩傳錄》王阮亭答：「阮步兵《詠懷》諸作，寄愁天上，埋憂地下（此二句出後漢仲長統《述志詩》），其胸次非復世人機軸。」清陳沆《詩比興箋・阮籍詩箋》云：「其詩憤懷禪代，憑弔今古，蓋仁人志士之發憤焉，豈真憂生而已哉！特寄託至深，立言有體，比興多於賦頌，奧結（曲也）達其渺思。比興則聲情依永，言之若不倫；奧結則索解隱微，聞之者無罪。在心之懣既抒，尚口之窮亦免。」（《易・困卦・彖辭》：「有言不信，尚口乃窮也。」）斯論得之。後人或譏嗣宗作「為鄭沖勸晉王牋」，以為阿附司馬昭，不知當時沖等希意承旨，聳動高貴鄉公進封昭為晉王，加九錫，昭假意辭讓，公卿知其意，羣共勸進，交推嗣宗為其文，是勢所不能辭者也。然如此大事，竟沈醉忘作，至臨詣昭府，使人取之，然後乘醉書案，命使自鈔，則其視此事如無物可知矣。且此表最末處，嗣宗之微辭實寓焉。其言曰：「由斯征伐，則可朝服濟江，掃除吳會，西塞江源，望祀（望，祭山川也。）岷山，迴戈弭節，以麾天下。令大魏之德，光於唐、虞，明公盛勳，超於桓、文；然後臨滄海而謝支伯（《莊子・讓王篇》：「舜讓天下於子州支伯。」），登箕山而揖許由，豈不盛乎？至公至平，誰與為鄰？何必勤勤小讓也哉！」其意是諷司馬昭平吳後，安守臣子之分，只為齊桓、晉文，學其仍尊周室；並效許由、支伯之辭堯、舜讓位，斯誠盛德矣！何必悝悝作態，為此諸侯之小讓乎！嗣宗蓋已預知司馬氏必將篡魏，故為此微言隱諷之，豈真與沖輩同心勸進哉！

其六云：

「心畫心聲總失真，文章寧復見為人！【注一】

高情千古《閑居賦》，爭信安仁拜路塵！」【注二】

【注一】此首不專論詩，實由論文辭而論人矣。明都穆《南濠詩話》：「揚子雲曰：『言，心聲也，字，心畫也。』（見下）蓋謂觀言與書，可以知人之邪正也。然世之偏人曲士，其言其字，未必皆偏曲，則言與書，又似不足以觀人者。元遺山詩云：『心畫心聲總失真，文章寧復見為人！高情千載《閒居賦》，爭信安仁拜路塵！』有識者之論固如此。」昌黎《送孟東野序》云：「人聲之精者為言，文辭之於言，又其精也，尤擇其善鳴者而假之鳴。……其存而在下者，孟郊東野、始以其詩鳴。」詩、又文辭之尤精者也；詩文同類，賦出於詩，故並及之。此作論人，並非徒責潘岳；實譏盡天下之口是心非，形充中餒、言行相背、文情違異者！《文心雕龍・情采篇》云：「而後之作者，採濫（淫濫）忽真（精真），遠棄《風》《雅》，近師辭賦；故體情（情實）之制日疎，逐文（文采）之篇愈盛。故有志深軒冕，而泛詠皋壤；心纏幾務，而虛述人外。真宰弗存，翩其反矣！」（真宰，見《莊子・齊物論》：「若有真宰，而特不得其朕。」《詩・小雅・角弓》：「騂騂角弓，翩其反矣！」謂騂騂然調和之角弓，若不善用之，則翩然而反也。）世之「亭亭物表，皎皎霞外，芥千金而不眄，屣萬乘其如脫」；「風情張日，霜氣橫秋，或歎幽人長往，或怨王孫不遊，談空空於釋部，覈玄玄於道流」；而「終始參差，蒼黃反覆」，「乍迴跡以心染，或先貞而後黷」；「形馳魄散，志變神動」；「眉軒席次，袂聳筵上，焚芰製而裂荷衣，抗塵容而走俗狀」者，夥頤沈沈，難指數矣！豈惟石季倫之有《思歸引》，劉子駿、潘安仁之賦《遂初》《閑居》而已哉！《抱朴子・外篇・應嘲》云：「不忍違情曲筆，錯濫真偽，欲令心口相契，顧不愧景，冀知音之在後也。」先王以聲詩厚人倫，美教化，移風俗，不應爾爾耶？

揚雄《法言・問神篇》：「捈（音途，引也。）中心之所欲，通諸人之嚍嚍（音儘，憤也。）者莫如言；彌綸天下之事，記久明遠，著古昔之㖧㖧，傳千里之忞忞者莫如書。（晉李軌注：「㖧㖧，目所不見。忞忞，心所不了。」《廣雅・釋訓》：「惽惽、忞忞，亂也。」清王念孫《疏證》云：「㖧㖧與惽惽同；忞忞與漫漫聲亦相近。」）故言，心聲也；書，心畫也。聲畫形，君子小人見矣。聲畫者，君子小人之所以動情乎！」古人誠於中，形於外；故聽其言，覽其文，即如見肺肝，知其為人，是以子雲云爾也。《禮・樂記》曰：「德者，性之端也；樂者，德之華也；金石絲竹，樂之器也。詩，言其志也；歌，咏其聲也；舞，動其容也。三者本於心，然後樂氣從之。是故情深而文明，氣盛而化神，和順積中而英華發外，唯樂不可以為偽。」《史記・孔子世家贊》：「余讀孔氏書，想見其為人。」又《屈原傳贊》：「余讀《離騷》、《天問》、《招魂》、《哀郢》，悲其志；適長沙，觀屈原所自沈淵，未嘗不垂涕，想見其為人。」嵇康《與山巨源絕交書》：「吾每讀《尚子平、臺孝威傳》，慨然慕之，想其為人。」此皆誠於中，形於外，動乎其言，而見乎其文者也。然自「真風告逝，大偽斯興」，故有「高論堯、舜之道，而不忍桀、紂之性」；外示巢、由之節，而暗行操、莽之事者矣，安仁何可擬乎！

【注二】《晉書・潘岳傳》：「潘岳，字安仁。……少以才穎見稱，鄉邑號為奇童，謂終、賈之儔也（西漢賈誼、終軍皆少負奇才）。早辟司空太尉府，……才名冠世，為眾所疾，遂栖遲十年。出為河陽令（今河南孟縣西，徧種桃花，舉世以為美談。），負其才，而鬱鬱不得志，……轉懷令（河南武陟縣西南），……岳頻宰二邑，勤於政績，調補尚書度支郎，遷廷尉評，以公事免。楊駿（晉武岳丈，為太尉。惠帝時為太傅，大都督，後為惠帝賈后所殺。）輔政，高選吏佐，引岳為太傅主簿，駿誅，除名。……尋為著作郎，轉散騎侍郎。岳性輕躁，趨世利，與石崇等諂事賈謐【本是賈充之外孫韓謐，入繼充子黎民，襲封魯國公。謐好學有才思，既為充嗣，繼佐命之後，又賈后（謐大姨母）專恣，謐權過人主，後為趙王倫所殺。】每候其出，與崇輒望塵而拜。……謐二十四友，岳為其首，（石崇、歐陽建、陸機、陸雲、摯虞、左思、劉輿、劉琨兄弟皆在其列。）……其母數誚之曰：『爾當知足，而乾沒（貪婪硬取，無功受祿之類）不已乎？』而岳終不能改。既仕宦不達，乃作《閑居賦》曰：『……於是覽止足之分，（《老子》：「知足、不辱；知止、不殆。」）庶浮雲之志（《論語・述而》：「不義而富且貴，於我如浮雲。」）；築室種樹，逍遙自得，池沼足以漁釣，舂稅足以代耕。灌園鬻蔬，（以）供朝夕之膳；牧羊酤酪，（以）俟伏臘之費。孝乎惟孝，友于兄弟，（《書・君陳》：「惟孝友于兄弟，克施有政。」《論語・為政》：「子曰：《書》云：『孝乎！惟孝友于兄弟，施於有政。』是亦為政，奚其為為政？」）此亦拙者之為政也。乃作《閑居賦》以歌事遂情焉。……』」（此畧引其序文）遺山謂「高情千古《閑居賦》」者，已畧見其梗概矣。爭，今字用怎，聲轉也。李義山《送鄭大（名畋）台文南覲》七絕結句：「君懷一匹胡威絹，（晉人，父質、為荊州刺史，威往省，及歸，賜縑一匹，威跪請曰：「大人清介，於何得此？」質曰：「此吾俸餘，聊助汝糧耳！」其父子清慎如此！於是名譽著聞。歷官徐州刺史。入朝，晉武帝問「卿孰與父清？」威曰：「臣不如也。臣父清，恐人知；臣清，恐人不知。」晉武稱善。）爭拭酬恩淚得乾？」司馬光《西江月》詞換頭云：「相見爭如不見？有情還似無情。」吳梅村《圓圓曲》云：「若非壯士全師勝，爭得娥眉匹馬還？」爭，皆即怎字也。又、詩人胸中不誠，而強鳴清調，雖或能欺當世士，然必不能欺後世者。宋羅大經《鶴林玉露》卷九云：「正使後世之學為詩，其胸中之不淳不正，必有不能掩者矣。雖貪者賦廉詩，仕者賦隱逸詩，亦豈能逃識者之眼哉！如白樂天之詩，曠達閒適，意輕軒冕，孰不信之？然朱文公獨謂：『樂天，人多說其清高，其實愛官職，詩中及富貴處，皆說得口津津地涎出。』可謂能窺其微矣。嗟夫！樂天之言，且不可盡信，況餘人乎？」（餘見上第四首注三）

其七云：

「慷慨歌謠絕不傳，穹廬一曲本天然。【注一】
中州萬古英雄氣，也到陰山敕勒川。」【注二】

【注一】查慎行云：「拔出中州《勅勒歌》，大為北人洩氣。」蓋當時文章在南方，金源（金之別稱）遠遜南宋，故遺山一為北人吐氣耳。清施國祁《元遺山詩集箋注》云：「《北史・斛律金傳》：『唱《勅勒歌》云：勅勒川，陰山下（綿亙於綏遠、察哈爾、熱河三省，自古為中國北方屏障。）。天似穹廬，籠蓋四野。天蒼蒼，野茫茫，風吹草低見牛羊。』」按：此施氏杜撰，《北齊書》及《北史・斛律金傳》皆不載此歌。惟《北史・齊本紀上》云：「是時西魏言神武中弩，（北齊神武帝高歡攻西魏，不克，死者八萬人，憤而成疾。）神武聞之，乃勉坐見諸貴，（時東魏孝靜帝定武四年）使斛律金《勅勒歌》，神武自和之，哀感流涕。」無歌辭。歌辭實載於宋郭茂倩《樂府詩集》卷八十六《新歌謠辭》類引《樂府廣題》曰：「北齊神武攻周玉壁（時是西魏，未是北周。玉壁，城名，在山西稷山縣西南。），士卒死者十四五，神武恚憤疾發，周王下令（時宇文泰為西魏大將軍、大丞相，封安定公，後其子覺始篡西魏為北周。）曰：『高歡鼠子，親犯玉壁，劍弩一發，元凶自斃。』神武聞之，勉坐以安士眾，悉引諸貴，使斛律金唱《勅勒》，神武自和之。其歌本鮮卑語，易為齊言，故其句長短不齊。」《樂府詩集》載此歌不著姓名，蓋是當時山西勅勒部流行歌曲，斛律金能唱之，非不知書之斛律金所能作也。至宋末胡三省之《通鑑注》謂「此後人妄為之耳」者，則未必然；胡氏蓋以為斛律金不識字，故不能作歌辭耳。《北史・斛律金傳》：「斛律金，字阿六敦，朔州（山西）勅勒部人（鮮卑人）也。……金性敦直，善騎射，行兵用匈奴法，望塵知馬步多少，嗅地知軍度遠近。……除大司馬，改封石城郡公。金性質直，不識文字，本名敦，苦其難署，改名為金，從其便易，猶以為難；司馬子如教為金字，作屋況之，其字乃就。……薨年八十。」明謝榛《四明詩話》卷二：「《碧雞漫志》（宋王灼撰）

曰：『斛律金《勑勒歌》曰：「勑勒川，陰山下。天似穹廬，籠蓋四野。天蒼蒼，野茫茫，風吹草低見牛羊。」金不知書，同於劉、項，能發自然之妙。』韓昌黎《琴操》雖古，未若金出性情爾。」（見下）清吳騫《拜經樓詩話》卷二：「古樂府《勑勒歌》、《樂府廣題》云：『北齊神武攻周玉壁，士卒多死，神武恚甚，勉引諸貴，使斛律金唱此歌，神武自和之。』予按：史言金不知文字，改名曰金，猶苦難署，至以屋山為識。則金焉能為此歌？故梅鼎祚（明人，有《古樂苑》。）疑古有此歌，神武當時或令金唱之，以安眾心耳。沈歸愚選《古詩源》，直以為斛律金作，雖仍《碧雞漫志》等之譌，【宋王灼《碧雞漫志》卷一：「高歡玉壁之役，士卒死者七萬人，慚憤發疾歸，使斛律金作《勑勒歌》，其辭畧曰：『山蒼蒼，天茫茫，風吹草低見牛羊。』歡自和之，哀感流涕。金不知書，能發揮自然之妙如此！當時徐、庾輩不能也。吾謂西漢後，獨《勑勒歌》暨韓退之《十琴操》近古。」（韓愈有《琴操》十首，是《將歸操》、《猗蘭操》、《龜山操》、《越裳操》、《拘幽操》、《岐山操》、《履霜操》、《雉朝飛操》、《別鵠操》、《殘形操》，見《昌黎先生集》。）】而引《北史》云云，《北史》實無是語也。」慷慨歌謠：施國祁注引韓愈《送董邵南序》：「燕、趙古稱多感慨悲歌之士。」非是。《漢書・趙充國辛慶忌傳贊》：「秦漢以來，山東出相，山西出將。……何則？山西天水、隴西、安定、北地，處埶迫近羌胡，民俗修習戰備，高上勇力，鞍馬騎射。故《秦詩》曰：『王于興師，修我甲兵，與子偕行。』（《秦風・無衣》）其風聲氣俗，自古而然。今之歌謠慷慨，風流猶存耳。」穹廬一曲，指《勑勒歌》，內有天似穹廬語。《漢書・西域傳下》：「漢（武帝）元封中，遣江都王建女細君為公主以妻（烏孫）焉。……公主悲愁，自為作歌曰：『吾家嫁我兮天一方，遠託異國兮烏孫王。穹廬為室兮旃為牆，以肉為食兮酪為漿。居常思土兮心內傷，願為黃鵠兮歸故鄉。』
天子聞而憐之，間歲遣使者持帷帳錦繡給遺焉。」

【注二】中州，本是河南省。遺山是金人，金人後亦都汴京，故遺山以中州代表金源，而撰《中州集》十卷，以存金源一代之詩，其每家小傳，史實亦傳焉。其《自題中州集後五首》七絕之二結句云：「北人不拾江西唾，未要曾郎借齒牙。」（解見後）蓋當時詩盛於南宋，『江西派』風靡天下，故遺山謂「中州萬古英雄氣」，「北人不拾江西唾」也。【《宋史・藝文志・總集類》著錄：「曾慥《宋百家詩選》五十卷，又《續選》二十卷。」宋晁公武《郡齋讀書志》卷四下總集類：「《皇宋詩選》五十七卷。皇朝曾慥，魯公裔孫。（曾公亮，仁宗時相，神宗即位，封魯國公。）守贛州、帥荊渚日，選本朝自寇萊公已次至僧璉二百餘家詩，序云：『博採旁搜，拔尤取穎，悉表而出焉。』」餘詳後】翁方綱《石洲詩話》卷七：「遺山錄金源一代之詩，題曰《中州集》，『中州』云者，蓋斥（顯也）南宋為偏安矣。【自注：「虞道園（元虞集，字伯生，號道園）嘗欲撰《南州集》而未果成，然而推此義也，適以在遺山籠罩中耳。」】『中州』二字，卻於《慷慨歌謠》一首拈出，所謂文之心也。」

其八云：

「沈宋橫馳翰墨場，風流初不廢齊梁。【注一】論功若準平吳例，合著黃金鑄子昂。」【注二】

【注一】此首推許陳子昂，謂初唐時詩，猶未脱齊、梁綺麗之習，至陳拾遺而後收摧毀之功也。《新唐書・文藝傳中・沈佺期傳》：「字雲卿，相州內黃人。及進士第，由協律郎累除給事中，……拜起居郎、兼修文館直學士，……尋歷中書舍人、太子少詹事，開元初卒。弟全交、全宇，皆有才章，而不逮佺期。」《新唐書・文苑傳中・宋之問傳》：「字延清，一名少連，汾州人。……之問偉於貌，雄於辯。……武后游洛南龍門，詔從臣賦詩，左史東方虬詩先成，后賜錦袍；及之問俄頃獻，后覽之嗟賞，更奪袍以賜。于時張易之等烝昵，寵甚，之問與閻朝隱、沈佺期、劉允濟傾心媚埘……至為易之奉溺器。及敗，……之問逃歸洛陽。……睿宗立，以獪險盈惡，詔流欽州，……賜死桂州。……魏建安（魏字誤，應云漢。）後，迄江左（指南朝），詩律屢變。至沈約、庾信，以音韻相婉埘，屬對精密；及之問、沈佺期又加靡麗，回忌聲病，約句準篇，如錦繡成。文學者宗之，號為『沈宋』。語曰：『蘇、李居前，沈、宋比肩』，謂蘇武、李陵也。」翰墨場：劉宋謝瞻《張子房詩》：「濟濟屬車士，粲粲翰墨場。」杜甫《壯遊詩》：「往昔十四五，出遊翰墨場。」齊、梁：《隋書・李諤傳》：「諤又以屬文之家，體尚輕薄，遞相師效，流宕忘反，於是上書曰：『……江左齊、梁，其弊彌甚！貴賤賢愚，唯務吟詠，遂復遺理存異，尋虛逐微，（陸機《文賦》：「或遺理以存異，徒尋虛以逐微，言寡情而鮮愛，辭浮漂而不歸。」）競一韻之奇，爭一字之巧，連篇累牘，不出月露之形；積案盈箱，唯是風雲之狀。世俗以此相高，朝廷據茲擢士。……』」杜甫《戲為六絕句》之五結句云：「竊攀屈、宋宜方駕，恐與齊、梁作後塵。」韓愈《薦士》五古：「齊、梁及陳、隋，眾作等蟬噪，搜春摘花卉，沿襲等剽盜。」（風流，見上首注一《漢書・趙充國辛慶忌傳贊》。）

【注二】《新唐書・陳子昂傳》：「字伯玉，梓州射洪人（今四川射洪縣。西魏置射江縣，北周始易為射洪。射，音石。）……子昂十八未知書，以富家子，尚氣決，弋博自如；他日，入鄉校，感悔，即痛修飾。文明（睿宗）初，舉進士。……武后奇其才，召見金華殿。子昂貌柔野（通冶），少威儀，而占對慷慨，擢麟臺正字。垂拱（武后）初，……擢右拾遺。子昂多病，居職不樂。聖歷（武周）初，……會父喪，廬冢次，每哀慟，聞者為涕。縣令段簡貪暴，聞其富，欲害子昂；家人納錢二十萬緡，簡薄其賂，捕送獄中。子昂之見捕，自筮，卦成，驚曰：『天命不祐，吾殆死乎！』果死獄中，年四十三。……唐興，文章承徐、庾餘風，天下祖尚；子昂始變雅正，初為《感遇》詩三十八章，王適曰：『是必為海內文宗』，乃請交子昂。所論著，當世以為法。大歷（代宗）中，東川節度使李叔明為立旌德碑於梓州，而學堂至今猶存。」東漢趙曄《吳越春秋・句踐伐吳外傳》：「范蠡乃乘扁舟，出三江，入五湖，人莫知其所適。范蠡既去，越王愀然變色，召大夫種曰：『蠡可追乎？』種曰：『不及也。』……越王乃收其妻子，封百里之地，『有敢侵之者，上天所殃。』於是越王乃使良工鑄金，象范蠡之形，置之坐側。」晚唐僧貫休《古意》九首之四：「乾坤有清氣，散入詩人脾。……幾擬以黃金，鑄作鍾子期。」北宋鄭獬詩：「若論破吳功第一，黃金只合鑄西施。」又北宋末毛滂詩：「不須買絲繡平原，不用黃金鑄子期。」（李賀《浩歌》：「買絲繡作平原君，有酒唯澆趙州土。」）

陳子昂《與東方左史虬書》：「文章道弊，五百年矣。漢、魏風骨，晉、宋莫傳，然而文獻有可徵者。僕嘗暇時觀齊、梁間詩，彩麗繁華，而興寄都絕。每以永歎，常恐邐迤頹靡，《風》《雅》不作，以耿耿也。一昨於解三處，見明公《詠孤桐篇》，骨氣端翔，音情頓挫，光英朗練，有金石聲。遂用洗心飾視，發揮幽鬱。不圖正始（魏齊王芳）之音（指阮籍《詠懷詩》），復覩於茲；可使建安作者，相視而笑。」李白《古風》五十九首第一篇云：「大雅久不作，吾衰竟誰陳，……自從建安來，綺麗不足珍。」唐孟棨《本事詩．高逸》：「（李）白才逸氣高，與陳拾遺齊名，先後合德。其論詩云：『梁、陳以來，艷薄斯極，沈休文又尚之以聲律，將復古道，非我而誰歟！』故陳、李二集，律詩殊少。嘗言：『興寄深微，五言不如四言（謂漢、魏不及三百篇），七言又其靡也（謂沈、宋七律也），況使束於聲調俳優哉！』」杜甫《陳拾遺故宅》五古：「……位下曷足傷，所貴在聖賢。（謂陳伯玉不以位卑為傷，而以聖賢為貴也。其《感遇》詩云：「聖人去已久，公道緬良難。」「終古代興沒，豪聖莫能爭。……堯、舜道已昧，昏虐勢方行。」「聖人不利己，憂濟在元元。」「聖人教猶在，世運久陵夷。」「聖人御宇宙，聞道泰階平。」「眾趨明所避，時棄道猶存。」「仲尼探元化，幽鴻順陽和。」杜意指此。後人或以為於伯玉推許太過，大乖少陵意矣。）有才繼《騷》《雅》，哲匠不比肩。公生揚馬後，名與日月懸。終古立忠義，《感遇》有遺篇。」韓愈《薦士》五古：「國朝盛文章，子昂始高蹈，勃興得李、杜，萬類困陵暴。」宋晁公武《郡齋讀書志》卷四上：「《陳子昂集》十卷。……唐興，文章承徐、庾餘風，天下祖尚，至是始變雅正，故雖無風節（謂其為武后官），而唐之名人，無不推之。柳儀曹（宗元為禮部員外郎）曰：『張説（封燕國公，與許國公蘇頲並稱燕、許大手筆。）以著述之餘，攻比興，而莫能極；張九齡以比興之暇，窮著述，而不克備；唐興而來，稱是選而不怍者，子昂而已。』」宋劉克莊《後村詩話・後集》：「盧藏用序《陳拾遺集》（藏用，字潛之，與陳子昂同時，《全唐文》卷二百三十八有其《右拾遺陳子昂文集序》），稱其『崛起江、漢，俯視函夏（全中國也），卓立千古，橫制頹波，天下翕然，質文一變。……至於（《感遇》之篇，則）感激頓挫，微顯闡幽，庶幾見變化之朕，以接乎天人之際。』韓、柳未出之前，能為此論，亦可謂之知言矣。」又《詩話・前集》云：「唐初，王、楊、沈、宋擅名，然不脱齊、梁之體，獨陳拾遺首唱高雅沖淡之音，一掃六代纖弱，趨于黃初（魏文帝）、建安矣。……（及觀《感寓》數篇）皆蟬蛻翰墨畦逕，讀之，使人有目空四海，神遊八極之興。」《全唐詩》卷八十三云：「唐興，文章承徐、庾餘風，駢麗穠縟，子昂橫制頹波，始歸雅正。李、杜以下，咸推宗之。」

清翁方綱《石洲詩話》卷七：「此於論唐接六代之風會，最有關係，可與東坡『五代文章付劫灰』一首並讀之。【東坡《金山寺中見李西臺（北宋初李建中直集賢院為西臺御史）與二錢（自注「惟演、易」）唱和四絕句，戲用其韻跋之》第四首云：「五季文章墮劫灰，升平格力未全回。故知前輩宗徐、庾，數首風流到玉臺。」】於初唐獨推陳射洪，識力直接杜、韓矣。然而遺山詩集，初不斤斤效阮（籍）、陳作《詠懷》《感寓》之篇也。豈其若何、李輩冒稱復古者得以藉口耶？（明何景明，字仲默，號大復山人。李夢陽，字天賜，一字獻吉，號空同子。二人者，謂唐以後無詩，卓然以復古自命，非自為詩矣。）

其九云：

「鬥靡誇多費覽觀，陸文猶恨冗於潘。【注一】
心聲只要傳心了，布穀瀾翻可是難。」【注二】
自注：「陸蕪而潘靜，語見《世說》。」【注三】

【注一】查慎行云：「為恃才騁詞者下一針。」按：此論雜沓散亂，漫羨無所歸心之病，非優潘而劣陸也。謂鬥靡誇多，使人覽之生厭；以陸機之才之美，張華猶患其多，而孫綽病其冗，況下此者乎！韓愈《送陳秀才彤序》：「讀書以為學，纘言以為文，非以誇多而鬥靡也；蓋學、所以為道，文、所以為理耳。苟行事得其宜，出言通其要，雖不吾面，吾將信其富於文學也。」《世說新語・文學》：「孫興公（名綽，晉太原中都人。）云：潘文爛若披錦，無處不善；陸文若排沙簡金，往往見寶。」劉孝標注引晉孔寧《續文章志》云：「岳為文，選言簡章，清綺絕倫。」又引《文章傳》：「機善屬文，司空張華見其文章，篇篇稱善，猶譏其作文大治，謂曰：『人之作文，患於不才；至子為文，乃患太多也。』」（《晉書・陸機傳》作「人之為文，常恨才少；而子，更患其多。」）鍾嶸《詩品上》：「晉黃門郎潘岳詩，其源出於仲宣。《翰林》（晉李充《翰林論》。）歎其翩翩奕奕，如翔禽之有羽毛，衣服之有綃縠；猶淺於陸機。謝混（晉人，字叔源，小字益壽）云：『潘詩爛若舒錦，無處不佳；陸文如披沙簡金，往往見寶。』（混稍後於孫綽）嶸謂益壽輕華，故以潘為勝；《翰林》篤論，故歎陸為深。余常言：陸才如海，潘才如江。」鍾仲偉陸海潘江之論為定評，孫興公、謝叔源特阿其所好耳。

【注二】謂詩以言志，辭達而已；若口頰瀾翻，恍同布穀，豈便可以傳其心聲哉！可是，猶卻是；難，謂難傳心聲也。布穀，即鳲鳩，每穀雨後始鳴，夏至後乃止，農家以為候鳥，以其聲似呼人布穀，故名。亦名勃姑、步姑、卜姑，亦名鴶鵴、郭公等，皆以聲象之。《後漢書・馮衍傳》李賢注引衍《與婦弟任武達書》：「詞如循環，口如布穀。」東坡《戲用晁補之韻》七古結句：「知君忍飢空誦詩，口頰瀾翻如布穀。」又見《子由與孔常父唱和詩輒次其韻》五古：「誦書口瀾翻，布穀雜杜宇。」又韓愈《記夢》七古：「挈攜陬維口瀾翻，百二十刻須臾間。」

【注三】遺山原注是畧舉《世説》孫興公語意，無處不善，即淨也；排沙簡金，即蕪也。清翁方綱《石洲詩話》卷七：「此首義與下一首論杜合觀之。」

其十云：

「排比鋪張特一途，藩籬如此亦區區！少陵自有連城壁，爭奈微之識碔砆！」【注一】先生自注：「事見元稹《子美墓誌》。」

【注一】查慎行云：「此因李、杜優劣論而發。」按：此謂未得杜之真精耳，非為李青蓮鳴其不平也。翁方綱《石洲詩話》卷七：「此首與上章一義，『排比鋪張』，即所云『布穀瀾翻也』。」中唐元稹微之《唐檢校工部員外郎杜君墓係銘序》：「……至於子美，蓋所謂上薄《風》《騷》，下該沈、宋，言奪蘇、李，氣吞曹、劉，掩顏、謝之孤高，雜徐、庾之流麗，盡得古今之體勢，而兼人人之所獨專矣。使仲尼鍜其旨要，尚不知貴其多乎哉？苟以其能所不能，無可無不可，則詩人以來，未有如子美者！是時山東人李白，亦以奇文取稱，時人謂之李、杜。余觀其壯浪縱恣，擺去拘束，模寫物象，及樂府歌詩，誠亦差肩於子美矣；至若鋪陳終始，排比聲韻，（宋張戒《歲寒堂詩話》卷下：「鄙哉微之之論也！鋪陳排比，曷足以為李、杜之優劣！」）大或千言，次猶數百，詞氣豪邁，而風調清深，屬對律切，而脫棄凡近，則李（白）尚不能歷其藩翰，況堂奧乎！」翁方綱《石洲詩話》卷一：「元相作《杜公墓係》，有鋪陳排比，藩翰堂奧之說，蓋以鋪陳終始排比聲韻之中，有藩籬焉，有堂奧焉，語本極明。至元遺山作《論詩》絕句，乃曰：『……』則以為非特堂奧，即藩籬亦不止此，所謂『連城璧』者，蓋即《杜詩學》所謂參苓桂朮，君臣佐使之說，是固然矣（先生有《杜詩學》一卷，不傳，今傳《杜詩學引》一篇，有云：「竊常謂子美之妙，釋氏所謂學至於無學者耳。今觀其詩：如元氣淋漓，隨物賦形；如三江五湖，合而為海，浩浩瀚瀚，無有涯涘；如祥光慶雲，千變萬化，不可名狀。固學者之所以動心而駭目；及讀之熟，求之深，含咀之久，則九經百氏，古人之精華所以膏潤其筆端者，猶可髣髴其餘韻也。夫金屑丹砂、芝朮參桂，識者例能指名之；至於合而為劑，其君臣佐使之互用，甘苦酸鹹之相入，有不可復以金屑丹砂芝參朮桂而名之者矣。故謂杜詩為無一字無來處亦可也，謂不從古人中來亦可也。」），然而微之之論，有未可厚非者。詩家之難，轉不難於妙悟，而實難於鋪陳終始，排比聲律。此非有兼人之力，萬夫之勇者，弗能當也。但元、白以下，何嘗非鋪陳排比，而杜公所以為高曾規矩者，又別有在耳，此仍是妙悟之說也。遺山之妙悟，不減杜、蘇；而所作或轉未能肩視元、白（指大篇幅者），則鋪陳排比之論，未易輕視矣。」翁說不為無理。姚鼐《今體詩鈔》卷六：「杜公長律，有千門萬戶，開闔陰陽之意。元微之論李、杜優劣，專主此體，見雖少偏，然不為無識。自來學杜者，他體猶能近似，長律則愈邈矣。遺山云：『少陵自有連城璧，爭奈微之識碔砆！』有長律如此，而目為珷玞，此成何論耶？」翁方綱《小石帆亭著錄五七言詩三昧舉隅》云：「元相云：『鋪陳終始，排比聲律』，而遺山顧詆諆之者，此亦漁洋不求備之說也。」碔砆，石之似玉者，亦止作武夫。《文選》司馬相如《子虛賦》：「其石則……碝石（《史記》作瑌，石似玉者。）碔砆。」李善引《戰國策》曰：「白骨疑象，碔砆類玉。」《漢書・董仲舒傳》對江都易王非曰：「五伯比於他諸侯為賢，其比三王，猶武夫之與美玉也。」

其十一云：

「眼處心生句自神，暗中摸索總非真，
畫圖臨出秦川景，親到長安有幾人？」【注一】

【注一】查慎行曰：「見得真，方道得出。」按此詈與第二十九首《池塘春草謝家春》一首同義，餘詳後。《山谷全書・別集》卷十一《論作詩文》云：「文章惟不構空強作，詩遇境而生，便自工耳。」（亦見元王構《修辭鑑衡》引《詩文發源》）《文心雕龍・物色篇》：「是以詩人感物，聯類不窮，流連萬象之際，沉吟視聽之區。寫氣圖貌，既隨物以宛轉；屬采附聲，亦與心而徘徊。」又《贊》云：「山沓水帀，樹雜雲合，目既往還，心亦吐納。」即遺山眼處心生之意也。明謝榛《四溟詩話》卷二：「詩有天機，待時而發，觸物而成，雖幽尋苦索，不易得也。」又云：「子美曰：『細雨荷鋤立，江猿吟翠屏。』（《暮春題瀼西新賃草屋》五律五首之三結句）此語宛然入畫，情與景會，與造物同其妙，非沉思苦索而得之也。」北宋陳造詩：「偶來卻勝特來好，觸處春光可圖畫。」唐劉餗《隋唐嘉話》：「暗中摸索亦可識。」元揭祐民《小江晚渡圖》詩：「吳越小景重摸索，江、湘雅致費討論。」南北朝辛某撰《三秦記》：「長安正南秦嶺，嶺根水流為秦川，一名樊川。」《蜀志・諸葛亮傳》：「將軍身率益州之眾，以出秦川。」古樂府《隴頭歌》：「遙望秦川，肝腸斷絕。」初唐盧照鄰《于時春也，慨然有江湖之思，寄贈柳九隴》五古：「關山悲蜀道，花鳥憶秦川。」施國祁注：「宋范寬有《秦川圖》。」

其十二云：

「望帝春心託杜鵑，佳人錦瑟怨華年。【注一】
詩家總愛《西崑》好，獨恨無人作《鄭箋》。」【注二】

【注一】此首論玉溪生詩，謂其詩雖好，奈用事委折，興託難知，恨世無如鄭康成者之箋毛詩以得其旨要耳。查慎行云：「後世箋李詩者，未必即玉溪功臣，奈何！」施國祁注：「玉溪此詩（指《錦瑟》七律），寓託似深，後之解者，言人人殊，不能備載。」（施氏用厲鶚說以為是悼亡之作，仍非。）清初吳景旭《歷代詩話》卷五十二：「王弇州（世貞）云：『不解則涉無謂，既解則意味都盡。』余以此詩有不容不解者，故元遺山詩：『……。』蓋謂此也。」李商隱《錦瑟》七律：「錦瑟無端五十絃，一絃一柱思華年。莊生曉夢迷蝴蝶，望帝春心託杜鵑。滄海月明珠有淚，藍田日暖玉生烟。此情可待成追憶，只是當時已惘然。」晉常璩《華陽國志・蜀志》：「周失綱紀，蜀先稱王。……後有王曰杜宇。……七國稱王，杜宇稱帝，號曰望帝，更名蒲卑。……其相開明，……法堯、舜禪授之義，遂禪位於開明，帝升西山隱焉。時適二月，子鵑鳥鳴，故蜀人悲子鵑鳥鳴也。」《說文》：「巂、周燕也。……一曰：蜀王望帝婬其相妻，慙，亡去，為子巂鳥，故蜀人聞子巂鳴，皆起云望帝。」《爾雅・釋樂》「大瑟謂之灑」下宋邢昺疏引《世本》曰：「庖犧作五十絃，黃帝使素女鼓瑟，哀不自勝；乃破為二十五絃。」按：義山此詩實以首句首二字為題，猶《無題》之類（如首句「昨日紫姑神去也」，題作《昨日》；「井絡天彭一掌中」，題作《井絡》；「玉山高與閬風齊」，題作《玉山》；「一片飛烟隔九枝」，題作《一片》；「促漏遙鐘動靜聞」，題作《促漏》。），固非詠錦瑟，亦非悼亡之作也。蓋玉溪追想平生，為之慨歎無端，不勝今昔之感者。（義山於文宗太和二年十七歲，受知於令狐楚，從在天平幕。文宗開成二年，二十五歲，登進士第，十一月而楚卒。廿六娶李德裕所厚善者王茂元女，德裕與李宗閔、令狐楚大相讎怨，坐是見惡於楚子綯，終身坎壈，年四十九卒。）北宋王欽若《冊府元龜》卷七二九云：「商隱少負奇材，令狐楚罷相，歷汴州興元節度使，辟為從事，遊處之間，未嘗相捨。」錦瑟二十五絃則不哀；無端五十絃，謂破也。思華年，正二十五歲令狐楚卒時也。又魏文帝《與吳質書》云：「昔日遊處，行則連輿，止則接席，何曾須臾相失！每至觴酌流行，絲竹並奏，酒酣耳熱，仰而賦詩。當此之時，忽然不自知樂也！謂百年已分，可長共相保，何圖數年之間，零落略盡，言之傷心。」《錦瑟》結二句正用魏文意。【義山五七律約分兩體，一出少陵，警句每在中二聯；一出長吉（長吉無七律，師其意耳。），中四句多鋪張綺合，厚蓄其勢，而警句則在結韻也。】

王漁洋《論詩絕句》：「獺祭（《禮・月令》：「孟春之月……東風解凍，蟄蟲始振，魚上冰，獺祭魚，鴻雁來。」鄭玄注：「此時魚肥美，獺將食之，先以祭也。」）曾驚博奧殫，（楊億《談苑》：「義山為文，多簡閱書冊，左右鱗次，號獺祭魚。」）一篇《錦瑟》解人難。千秋毛、鄭功臣在，尚有彌天釋道安。」（晉習鑿齒見高僧道安，稱言「四海習鑿齒」，道安曰：「彌天釋道安。」時人以為名答。此道安借指明末沙門道原為義山詩作注，蓋前此之劉克、張文亮二家注俱已不傳也。）翁方綱《石洲詩話》云：「拈此二句，非第趁其韻也，正以先提唱杜鵑句於上，却押華年於下，乃是此篇迴復幽咽之旨也。遺山當日，必有神會，惜未見其所述耳。漁洋以釋道安當之，豈其然乎！遺山於初唐舉射洪，於晚唐舉玉溪，識力高絕。……然而遺山云：『精純全失義山真』，拈出精真分際，有此一語，豈不可抵得一部《鄭氏箋》耶？」

【注二】北宋劉攽《中山詩話》：「祥符天僖中（大中、祥符及天僖皆真宗年號），楊大年（億）、錢文僖（惟演）、晏元獻（殊）、劉子儀（筠），以文章立朝，為詩皆宗尚李義山，號『西崑體』。（楊億《西崑酬唱集序》：「取玉山冊府之名，命之曰《西崑酬唱集》云爾。」謂西方崑崙、羣玉之山，古帝藏書冊之府也。）後進多竊義山語句，嘗內宴，優人有為義山者，衣服敗裂，告人曰：『吾為諸館職撏撦至此。』聞者歡笑。子儀畫義山像，寫其詩句列左右，重之如此。」南宋初釋惠洪《冷齋夜話》卷四：「詩到李義山，謂之文章一厄，以其用事僻澀，時稱『西崑體』。然荊公晚年亦或喜之，而字字有根蒂。」南宋末馬端臨《文獻通考・經籍考》引石林葉氏（夢得）曰：「唐人學老杜，惟李義山一人而已，雖未盡造其妙，然精密華麗，亦自得其彷彿。故國初錢文僖與楊大年、劉中山皆傾心師尊，以為過老杜，一時翕然從之，好事者次為《西崑集》，所謂『西崑體』者也。至歐陽文忠公始力排之；然宋莒公兄弟（宋庠、宋祁），雖尊老杜，終不廢商隱。雖王荊公亦與之，嘗為蔡天啟言：『學詩者未可遽學老杜，當先學商隱，未有不能為商隱，而能為老杜者。』故公詩晚年亦微樂於華巧，其所好者然也。」（今傳《石林詩話》無此條）又施國祁注引石林《義山詩注》云：「詩人論少陵忠君愛國之意，直一飯不忘；而目義山為浪子，以其綺麗華艷，極《玉臺》（徐陵編《玉臺新詠》）、《金樓》（梁元帝有《金樓子》）。

按：元帝詩雖綺麗，然《金樓子》則是其立言之作，《隋書・經籍志》列諸《子部・雜家》，非艷詩之比也。）之體而已。第少陵之志直，其詞危；義山當南北水火，中外箝結之日，不得不紆曲其旨，誕慢其詞，此風人《小雅》之遺，推原其忠義，可以鼓吹少陵。」（餘詳清馮浩《玉谿生詩箋注詩話》中。玉谿生詩，清初朱鶴齡《李義山詩注》詳典實，馮浩詳比興，近人張爾田《玉谿生年譜會箋》詳史事，可參。）

其十三云：

「萬古文章有坦途，縱橫誰似玉川盧！真書不入今人眼，兒（一作而）輩從教鬼畫符。」【注一】

【注一】此非譏彈盧玉川詩，實貶天下之怪而無理者耳。歐陽修《菱溪大石》七古：「盧仝韓愈不在世，彈壓百怪無雄文。」查慎行云：「掃盡鬼怪一派。」《新唐書‧韓愈傳》附《盧仝傳》：「盧仝居東都，愈為河南令，愛其詩，厚禮之。仝自號玉川子，嘗為《月蝕詩》，以譏切元和逆黨，愈稱其工。」韓愈《寄盧仝》七古：「玉川先生洛城裏，破屋數間而已矣！一奴長鬚不裹頭，一婢赤足老無齒。辛勤奉養十餘人，上有慈親下妻子。先生結髮憎俗徒，閉門不出動一紀，至今鄰僧乞米送，僕忝縣尹（河南令）能不恥？俸錢供給公私餘，時致薄少助祭祀。勸參留守（鄭餘慶）謁大尹（李素），言語纔及輒掩耳。……先生事業不可量，惟用法律自繩己。《春秋三傳》束高閣，獨抱遺經究終始。往年弄筆嘲仝、異（有《與馬異結交詩》七古），怪辭驚眾謗不已；近來自說尋坦塗，猶上虛空跨綠駬。……」東坡《與魯直書》：「凡人文字，當務使平和；至足之餘，溢為奇怪，蓋出於不得已爾！」《朱子語類》卷一百四十：「詩須是平易不費力，句法混成。如唐人玉川子輩，語雖險怪，意思亦自有混成氣象。」此由平坦至怪奇之正說也。大抵怪奇之作，奇須中理，怪不失雅；非惟未礙，實是殊才；否則信如遺山所云鬼畫符矣。明朱承爵《存餘堂詩話》：「詩家評盧仝詩，造語命意，險怪百出，幾不能解。余嘗讀其《示（一作寄）男抱孫》詩，中有常語，如『任汝惱弟妹，任汝惱姨舅；姨舅非吾親，弟妹多老醜』，殊類古樂府語。至如《直鉤吟》云：『文王已沒不復生，直鉤之道何時行？』亦自是平直，殊不為怪。如《喜逢鄭三》（下原有「遊山」二字）云：『他日期君何處好？寒流石上一株松。』亦自是恬澹，殊不為險。」盧玉川詩，以《月蝕詩》及《走筆謝孟諫議寄新茶》兩七古最有名，《樓上女兒曲》七古及《自君之出矣》較平正；至《客贈石》、《石讓竹》、《竹答客》、《石請客》、《客答石》、《石答竹》、《竹請客》、《客謝竹》、《石請客》、《客謝石》、《石再請客》、《客許石》、《井請客》、《客謝井》、《馬蘭請客》、《客請馬蘭》、《蛺蝶請客》、《客答蛺蝶》、《蝦蟆請客》、《客請蝦蟆》等二十首，則一望其題已怪絕矣，此風不可長也（不得與陶公《形影神》三篇相比擬）。

《月蝕詩》云：「地上蟣蝨臣仝，告愬帝天皇，臣心有鐵一寸，可刳妖蟇癡腸。」此遺山「蟣蝨空悲地上臣」之所本；而國士常思奮不顧身，以徇國家之急者也。《走筆謝孟諫議寄新茶》云：「一椀喉吻潤；兩椀破孤悶；三椀搜枯腸，唯有文字五千卷；四椀發輕汗，平生不平事，盡向毛孔散；五椀肌骨清；六椀通仙靈；七椀喫不得也，唯覺兩腋習習清風生。蓬萊山，在何許？玉川子，乘此清風欲歸去。山上羣仙司下土，地位清高隔風雨，安得知百萬億蒼生命，墮在顛崖受辛苦！便為諫議問蒼生，到頭還得蘇息否？」此世所傳盧仝七椀；而結數語又幾於為萬民請命也。《解悶》五絕云：「人生都幾日？一半是離憂。但有尊中物，從他萬事休。」此又遺山「一醉從教萬事休」之所出，豈譏玉川子而以兒輩目之者哉！《示添丁》（仝幼子）七古云：「忽來案上翻墨汁，塗抹《詩》、《書》如老鴉。」此世以字拙為塗鴉之所自出也。《觀放魚歌》七古云：「若養聖賢真，大烹龍髓敢惜乎？苦痛如今人，盡是魚食魚。」《自詠》五律五六句云：「萬卷堆胸朽，三光撮眼明。」《冬行》三首之一（七古）結句：「古來堯、孔與桀、跖，善惡何補如今人！」其三（五古）云：「上不事天子，下不識侯王，夜半睡獨覺，爽氣盈心堂。」《常州孟諫議座上聞韓員外職方貶國子博士有感》五首之一。五律五六句云：「烈火先燒玉，庭蕪不養蘭。」《與馬異結交詩》云：「青雲欲開白日沒，天眼不見此奇骨。」《感古》四首之一五古云：「可憐萬乘君，聰明受沈惑，忠良伏草莽，無因施羽翼。」《寄贈含曦上人》五古云：「劈破天地來，節義可屈指！」又云：「近來愛作詩，新奇頗煩委，忽忽造古格，削盡俗綺靡。」（此玉川詩論也）。《蜻蜓歌》云：「吾不如汝無他，無羽翼；吾若有羽翼，則上叩天關，為聖君請賢臣，布惠化於人間。」凡此，是何等議論？何等襟抱哉！宋嚴羽《滄浪詩話·詩評》：「玉川之怪，長吉之瑰詭，天地間自欠此體不得。」翁方綱《石洲詩話》：「韓門諸君子，除張文昌（籍）另一種，自當別論。……惟孟東野（郊）、李長吉（賀）、賈閬仙（島）、盧玉川四家，倚仗筆力，自樹旗幟。蓋自中唐諸公（謂元、白等），漸趨平易，勢不可無諸賢之撐起；然詩以溫柔敦厚為教，必不可直以麄硬為之。」大抵治詩之道，除漢、魏、盛唐而外，須窺「三元」：元嘉之陶公、顏、謝是一關；元和之昌黎、孟、盧、李、賈是一關；元祐之蘇、黃、陳、秦、晁、張又是一關。三關不破，無以見其大。昌黎師友之作，皆倚天拔地，語不由人者！學者但取其精而遺其粗，師其意不師其辭可矣。山谷云：「四十九年遽伯玉，聖人門戶見重重。」（《次韻元日》七律結句），詩道何獨不然哉！

其十四云：

「出處殊途聽所安，山林何得賤衣冠！【注一】

華歆一擲金隨重，大是渠儂被眼謾。」【注二】

【注一】此謂隱逸者流之詩與仕宦中人之詩，只賦性不同，實各具佳勝；山林江海之士，未可輕貶廊廟衣冠中人也。《易・繫辭上傳》：「君子之道，或出或處，或默或語。」又《下傳》：「天下同歸而殊塗，一致而百慮，天下何思何慮！」《論語・微子篇》：「逸民：伯夷、叔齊、虞仲、夷逸、朱張、柳下惠、少連。子曰：……我則異於是，無可無不可。」《魏志・管寧傳》，齊王芳正始二年，太僕陶丘一、衞尉孟觀、侍中孫邕、中書侍郎王基薦寧曰：「若寧固執匪石（《詩・邶風・柏舟》：「我心匪石，不可轉也。」），守志箕山（《呂氏春秋・慎行論・求人篇》：「昔者堯朝許由於沛澤之中，曰：『……請屬天下於夫子。』許由……遂之箕山之下，潁水之陽，耕而食，終身無經天下之色。」），追迹洪崖（洪崖先生，見葛洪《神仙傳》。晉郭璞《遊仙詩》：「左把浮邱袖，右拍洪崖肩。」），參蹤巢、許，斯亦聖朝，同符唐、虞，優賢揚歷，垂聲千載。雖出處殊途，俯仰異體，至於興治美俗，其揆一也。」《韓詩外傳》卷五：「朝廷之士為祿，故入而不出；山林之士為名，故往而不返。入而亦能出，往而亦能返，通移有常，聖也。」《漢書・王吉貢禹等傳贊》：「《易》稱『君子之道，或出或處，或默或語』，言各得道之一節，譬諸草木，區以別矣。（二句子夏語，見《論語・子張篇》。）故曰：山林之士，往而不能返；朝廷之士，入而不能出，二者各有所短。」嵇康《與山巨源絕交書》：「老子、莊周，吾之師也，親居賤職；柳下惠、東方朔，達人也，安乎卑位，吾豈敢短之哉！……故君子百行，殊塗而同致，循性而動，各附所安，故有處朝廷而不出，入山林而不返之論。」杜甫《清明》七排二首之一結句云：「鐘鼎山林各天性，濁醪粗飯任吾年。」以上皆出處殊塗聽所安之說也。《荀子・修身篇》：「志意修，則驕富貴矣，道意重，則輕王公矣。」（一無兩「矣」字。）韓愈《荊譚唱和詩序》：「夫和平之音淡薄，而愁思之聲要妙；懽愉之辭難工，而窮苦之言易好也。是故文章之作，恆發於羈旅草野；至若王公貴人，氣滿志得，非性能而好之，則不暇以為。」《世說新語・品藻》：「明帝問謝鯤：『君自謂何如庾亮？』答曰：『端委廟堂，使百僚準則，臣不如亮；一丘一壑，自謂過之。』」劉孝標注引晉鄧粲《晉紀》曰：「鯤與王澄之徒，慕竹林諸人，散髮披襟，裸袒箕踞，謂之八達。」《晉書・謝萬傳》：「萬字萬石，才器儁秀，雖器量不及安（其兄），而善自衒曜，故早有時譽。工言論，善屬文，敘漁父、屈原、季主、（司馬季主，見《史記・日者列傳》。）賈誼、楚老、龔勝、孫登、嵇康，四隱四顯，為《八賢論》，其旨以處者為優，出者為劣。以示孫綽，綽與往反，以體公識遠者，則出處同歸。」沈約《宋書・顏延之傳》：「出為永嘉太守，延之甚怨憤，乃作《五君詠》，以述竹林七賢，山濤、王戎以貴顯被黜。」此則山林賤衣冠之說也。

北宋吳處厚《青箱雜記》卷五：「文章雖皆出於心術，而實有兩等：有山林草野之文，有朝廷臺閣之文。山林草野之文，則其氣枯槁憔悴，乃道不得行，著書立言者之尚也；朝廷臺閣之文，則其氣溫潤豐縟，乃得位於時，演綸視草者之所尚也。（五代和凝嘗仕後唐為翰林學士、知制誥，後周時封魯國公，北宋沈括《夢溪筆談》云：「和魯公凝，生平著述，分為《演綸》、《游藝》、《孝悌》、《疑獄》、《香匳》、《籯金》六集。」按《禮．緇衣》：「王言如綸」，故掌誥命謂之演綸也。）……王安國（安石弟）常語余曰：『文章格調，須是官樣』，豈安國言官樣，亦謂有館閣氣耶？……晏元獻（殊）雖起田里，而文章富貴，出於天然，嘗覽李慶孫《富貴曲》云：『軸裝曲譜金書字，樹記花名玉篆牌』，公曰：『此乃乞兒相，未嘗諳富貴者！故公每咏富貴，不言金玉錦綉，而唯說其氣象，若「樓臺側畔楊花過，簾幕中間燕子飛。」「梨花院落溶溶月，柳絮池塘淡淡風」之類是也。』故公自以此句語人曰：『窮家兒有這景致也無？』」宋黃徹《䂬溪詩話》卷二：「和靖（林逋）與士大夫詩，未嘗不及遷擢；與舉子詩，未嘗不言登第。視此，為何等隨緣應接？不為苟難亢絕如此！（《荀子．不苟篇》：「君子行不貴苟難。」《莊子．刻意篇》：「刻意尚行，離世異俗，高論怨誹，為亢而已矣！此山谷之士，非世之人，枯槁赴淵者之所好也。」）老杜云：『本無軒冕意，不是傲當時』，（《獨酌》五律結句）『鐘鼎山林各天性，濁醪麤飯任吾年』，道義重而不輕王公者也。阮孝緒、南平王（梁武帝第八子南平元襄王偉）致書要之，不赴，（孝緒）曰：「非志驕富貴，

但性畏廟堂，（若）使麏麚可驂，何（以）異（夫）驥騄？』」（《梁書・處士・阮孝緒傳》）

按：遺山此詩，於山林臺閣之體，本欲一之，初無優劣於其間也；別有《論詩》三首之一云：「坎井鳴蛙自一天，江山放眼更超然。情知春草池塘句，不到柴烟糞火邊。」柴烟糞火，謂勞於井臼炊爨，無暇尋詩，何由而有佳句哉！實先生自諷之辭耳，非賤視山林之士也。乃清李希聖《雁影齋詩》云：「面目都隨貴賤遷，陶公枯淡謝公妍；暮雲春酒詞清麗，（陶公《擬古》九首之七起句：「日暮天無雲，春風扇微和。」又《讀山海經》十三首之一：「歡言酌春酒，摘我園中蔬。」鍾嶸《詩品中》：「至於歡言酌春酒，日暮天無雲，風華清靡。」）卻在柴烟糞火邊。」此真癡人前不可說夢矣。清宗廷輔《古今論詩絕句》云：「山林臺閣，各是一體；宋季方回撰《瀛奎律髓》，往往偏重江湖道學，意當時風氣，或有借以自重者，故喝破之。」此論或然也。

【注二】《世說新語・德行》：「管寧、華歆共園中鋤菜，見地有片金，管揮鋤與瓦石不異，華捉而擲去之。又嘗同席讀書，有乘軒冕過門者，寧讀如故，歆廢書出看；寧割席分坐曰：『子非吾友也。』」梁劉孝標注引晉魚豢《魏略》曰：「寧少恬靜，常笑邴原、華子魚有仕宦意。及歆為司徒，上書讓寧，寧聞之，笑曰：『子魚本欲作老吏，故榮之耳！』」《說文》：「謾，欺也。（毋官切。）」今俗用瞞；《說文》：「瞞，平目也。（毋官切。）」晚唐司空圖《詩品・綺麗》）「神存富貴，始輕黃金」，第三句正用此意，謂華歆擲金，實則神存富貴，手雖擲金而心隨而重之，後人不為所欺者寡矣。【末二句真意謂外示輕黃金者，非真能脫屣軒冕；特鳴其清高，以隱居為終南捷徑耳！如潘安仁之賦《閑居》，高情如彼，誰信其拜路塵乎？（《新唐書‧盧藏用傳》：「舉進士，不得調，與兄徵明，偕隱終南、少室二山，學練氣，為辟穀。……始隱山中時，有意當世，人目為『隨駕隱士』。晚乃狥權利，務為驕縱，素節盡矣。司馬承禎嘗召至闕下，將還山，藏用指終南曰：『此中大有嘉處。』承禎徐曰：『以僕視之，仕宦之捷徑耳！』藏用慙。」遺山此論是疾偽，非輕山林而重廊廟也。）

其十五云：

「筆底銀河落九天，何曾憔悴飯山前！【注一】世間東抹西塗手，枉著書生待魯連。」【注二】

【注一】此辨「飯顆山頭逢杜甫」一詩非太白作，蓋謂杜工部下筆實如銀河之落九天，斷無憔悴於飯顆山前之理也。按《飯顆山詩》，《太白集》不載，只見於晚唐孟棨《本事詩‧高逸類》，云：「白才逸氣高，……故戲杜曰：『飯顆山頭逢杜甫，頭戴笠子日卓午，借問別來太瘦生？總為從前作詩苦』，蓋譏其拘束也。」其後五代王定保《唐摭言》卷十二《輕佻類》仍其誤，云：「李白戲贈杜甫曰：『飯顆坡前逢杜甫，頭戴笠子日卓午，借問形容何瘦生？祇為從前學詩苦。』」南宋洪邁已辨之，其《容齋四筆》卷三《李杜往來詩》條云：「李太白、杜子美在布衣時，同遊梁、宋，為詩酒會心之友。……所謂飯顆山頭之嘲，亦好事者所撰耳。」《四庫全書・總目提要》云：「《本事詩》一卷……其李白飯顆山頭一詩，論者頗以為失實。」是也。按：飯顆山，在長安萬年縣東北，太白於玄宗天寶元年入長安，三年三月放還，四月遊經洛陽，始與杜公相識，相約遊梁、宋而別。是年秋，杜公自洛陽出遊梁、宋，以踐夏間與白在洛面訂之約。時高適亦流浪其地，白隨至，三人重逢，縱飲浪遊。至秋末，先後離梁、宋。自此而後，李、杜二人終身不再相逢矣，焉有飯顆山頭相遇之日乎？遺山此論善矣。杜公《奉贈韋左丞文二十二韻》五古云：「讀書破萬卷，下筆如有神。」又《壯遊》五古云：「七齡思即壯，開口詠鳳凰；九齡書大字，有作成一囊。性豪業嗜酒，嫉惡懷剛腸，脱畧小時輩，結交皆老蒼，飲酣視八極，俗物都茫茫。」此何等才情，何等氣度哉！遺山「筆底銀河落九天」之借喻是也。李白《望廬山瀑布》詩二首之二七絕末二句（前一首是五古）云：「飛流直下三千尺，疑是銀河落九天。」翁方綱《石洲詩話》云：「此妙於借拈李詩以論杜詩，可作李、杜二家莞鑰，與義山『李、杜操持』一首正相發也。【李商隱《漫成五章》之二云：「李、杜操持事畧齊，三才萬象共端倪。集仙殿（玄宗開元中改為集賢殿）與金鑾殿，可見蒼蠅惑曙雞。」（謂李、杜皆非無意於世事者，其志節畧同，詩中具見，特欲有為而不能耳；世人或謂太白是出世仙才，子美是入世人才，此則有似以蒼蠅之聲為曙雞之鳴矣。《詩・齊風・雞鳴》：「匪雞則鳴，蒼蠅之聲。」】與前章斥元微之意同（尊杜），其不以鬼怪目玉川，意亦如此。」（謂杜亦千類萬狀，無所不有。）

【注二】謂偽託者欺人，徒使學子待智者闢之而後能辨也。五代王定保《唐摭言》卷三：「薛監（薛逢，官至秘書監。）晚年，厄於宦途，嘗策羸赴朝，值新進士榜下，綴行而出。時進士團所由、輩數十人，見逢行李蕭條，前導曰：『迴避新郎君！』逢囅然，即遣一介語之曰：『報道莫貧相！阿婆（婆乃僕之轉音，唐人自稱語也。）三五少年時，也曾東塗西抹來。』」清馬國翰《玉函山房輯佚書・子編・儒家・魯連子》云：「齊之辯士曰田巴，辯於狙邱而議於稷下，毀五帝，罪三王，訾五伯，離堅白，舍異同，一日而服千人。有徐劫者，其弟子曰魯仲連，謂劫曰：『臣願當田子，使之不敢復談，可乎？』徐劫言之田巴曰：『劫弟子，年十二耳，然千里之駒也，願得侍議於前。』田巴曰：『可。』魯連往謂田巴曰：『……先生之言，有似梟鳴，出聲而人惡之，願先生勿復談也。』田巴曰：『謹聞教。』明日，見徐劫曰：『先生之騎，乃飛兔、腰褭也，豈特千里駒哉！』於是杜口易業，終身不復談。」（原見《文選》曹植《與楊德祖書》及李善注引《魯連子》、《史記・魯仲連列傳》、張守節《正義》引《魯連子》、唐馬總《意林》卷一鈔《魯連子》、《太平御覽》卷四百六十四及卷九百二十七引《魯連子》。）此首施國祁注於「書生」下引《蔡寬夫詩話》論太白詩，誤。此實借太白詩以論杜，辨《飯顆山》詩為偽託耳，非論太白詩也。

其十六云：

「切切秋蟲萬古情，燈前山鬼淚縱橫；【注一】
鑑湖春好無人賦，岸夾桃花錦浪生。」【注二】

【注一】東坡《次韻答劉涇》七古起句：「吟詩莫作秋蟲聲，天公怪汝鉤物情。」此論二李詩也（李白、李賀）。二李皆深於《騷》，特昌谷多為淒豔冷僻、窮愁危苦語，不及青蓮之掉臂遊行，灑落宙合間耳。杜牧《李長吉歌詩敘》：「賀、唐皇諸孫，字長吉，元和中，韓吏部亦頗道其歌詩。……蓋《騷》之苗裔，理雖不及，辭或過之。……賀生二十七年死矣，世皆曰：使賀且未死，少加以理，奴僕命《騷》可也。」馬端臨《文獻通考》卷二百四十一《經籍考》六十九引宋祁等語云：「宋景文諸公在館，嘗評唐人詩云：太白仙才，長吉鬼才。」《朱子語類》卷一百四十：「李賀較怪得些子，不如太白自在。」（遺山此詩，正與紫陽先生同意，非必貶昌谷也。）又曰：「賀詩巧。」宋嚴羽《滄浪詩話・詩評》：「人言太白仙才，長吉鬼才。不然，太白天仙之詞，長吉鬼仙之詞耳。」宋葉庭珪《海錄碎事》：「世傳杜甫詩，天才也；李白詩，仙才也；長吉詩，鬼才也。」又云：「唐人以李白為天才絕，白樂天人才絕，李賀鬼才絕。」宋計有功《唐詩紀事》卷四十五張碧：「碧字太碧，貞元中人。自序其詩云：『碧嘗讀《李長吉集》，謂春拆紅翠，霹開蟄戶，其奇峭者，不可攻也。及覽李太白詞，天與俱高，青且無際，鵬觸巨海，瀾濤怒飜。則觀長吉之篇，若陟嵩之顛（謂太白）視諸阜（謂長吉）者耶！」宋張戒《歲寒堂詩話》：「牧之序李賀詩云：『騷人之苗裔。』又云：『小加以理，奴僕命《騷》可也。』牧之太過。賀詩乃李太白樂府中出，瑰奇譎怪則似之，秀逸天拔則不可及也。賀有太白之語，而無太白之韻。元、白、張籍以意為主，而失於少文；賀以詞為主，而失於少理，各得其一偏。」明李維楨《昌谷詩解序》：「世目李長吉為鬼才，夫陶通明（梁陶弘景字）博極羣書，恥一事之不知，（原云：「一物不知，以為深恥。」）曰：『與為頑仙，寧為才鬼！』然則鬼才豈易言哉！」清初姚文燮《昌谷詩注序》：「唐才人皆《詩》（三百篇），而白與賀獨《騷》：白近乎《騷》者也；賀則幽深詭譎，較《騷》為尤甚。後人論定者，以仙予白，以鬼予賀，吾又何能不為賀惜。」清王士禎《居易錄》：「嘗戲論唐人詩，王維佛語，孟浩然菩薩語，李白飛仙語，杜甫聖語，李賀才鬼語。」清王琦《李長吉歌詩序》：「長吉下筆，務為勁拔，不屑作經人道過語；然其源實出自《楚騷》，步趨於漢魏古樂府。朱子論詩，謂『長吉較怪得些子，不如太白自在。』夫太白之詩，世以為飄逸；長吉之詩，世以為奇險。是以宋人有仙才鬼才之目，而朱子顧謂其與太白相去不過些子間，蓋會意於比興《風》《雅》之微，而不賞其彫章刻句之迹，所謂得其精而遺其麄者耶？人能體朱子之說，而探求長吉詩中之微意，而以解《楚辭》《漢魏》古樂府之解以解之，其於六義之旨，庶幾有合。所謂鯨呿鰲擲，牛鬼蛇神者，（杜牧《李長吉歌詩敘》：「鯨吸鰲擲，牛鬼蛇神，不足為其虛荒誕幻也。」）又何足以駭夫觀聽哉！」

《山鬼》，本屈原《九歌》篇名，遺山以喻長吉耳。長吉《春坊正字劍子歌》末云：「提出西方白帝驚，嗷嗷鬼母秋郊哭。」《夢天》起云：「老兔寒蟾泣天色，雲樓半開壁斜白。」《河南府試十二月樂詞・二月》云：「津頭送別唱流水，酒客背寒南山死。」《九月》云：

「離宮散螢天似水，竹黃池冷芙蓉死。」《浩歌》云：「王母桃花千徧紅，彭祖、巫咸幾回死？」《秋來》云：「桐風驚心壯士苦，衰燈絡緯啼寒素，誰看青簡一編書，不遣花蟲粉空蠹？思牽今夜腸應直，雨冷香魂弔書客。秋墳鬼唱鮑家詩，恨血千年土中碧。」（鍾嶸《詩品》評鮑照詩，謂「嗟其才秀人微，故取湮當代。」）《湘妃》云：「蠻娘吟弄滿寒空，九山（九疑山）靜綠淚花紅。」《南國十三首》七絕之六末云：「不見年年遼海上，文章何處哭秋風？」《老來採玉歌》：「夜雨岡頭食蓁子，杜鵑口血老夫淚。」《傷心行》：「咽咽學《楚吟》，病骨傷幽素。……古壁生凝塵，羈魂夢中語。」《南山田中行》結云：「石脈水流泉滴沙，鬼燈（所謂燈前山鬼也）如漆點松花。」《昌谷詩》：「草髮垂恨鬢，光露泣幽淚。」《銅駝悲》：「厭見桃花笑，銅駝夜來哭。」《神絃曲》：「桂葉刷風桂墜子，青狸哭血寒狐死。」又《神絃》云：「海神山鬼來座中，紙錢窸窣鳴颷風。」此皆遺山首二句意也。不能盡舉矣。宋周必大《周益公平園續稿》云：「昔人謂詩能窮人（歐陽修《梅聖俞詩集序》：「……然則非詩之能窮人，殆窮者而後工也。」）；或謂非止窮人，有時而殺人。蓋雕琢肝腸，已乖衞生之術；（韓愈《贈崔立之評事》詩：「勸君韜養待徵招，不用雕琢愁肝腎。」歐陽修《答聖俞莫飲酒》詩：「朝吟搖頭暮蹙眉，雕琢肝腎聞退之。」）嘲弄萬象，亦豈造化之所樂哉！唐李賀、本朝邢居實之不壽，殆以此也。」（居實，字敦夫，有異才，為東坡、山谷所賞愛，年十九而卒。）明王世貞《全唐詩說》：「李長吉師心，故爾作怪，亦有出人意表者。然奇過則凡，老過則穉，此君所謂不可無一，不可有二。」

【注二】歐陽修《憶山示聖俞》五古：「詩老類秋蟲，吟秋聲百種。」東坡《次韻答劉涇》七古起句：「吟詩莫作秋蟲聲，天公怪汝鉤物情。」《楚辭》屈原《九歌》有《山鬼》。鑑湖亦名鏡湖，在浙江紹興縣南，跨山陰、紹興二縣界，李白《子夜吳歌》四首之二：「鏡湖三百里，菡萏發荷花。」又《贈宣州靈源寺仲濬公》五古：「下映雙溪水，如天落鑑（一作鏡）湖。」又《鸚鵡洲》七律五六：「烟開蘭葉香風暖，岸夾桃花錦浪生。」宋吳曾《能改齋漫錄》卷九《鏡湖條》：「會稽鑑湖，今避廟諱，（宋太祖趙匡胤父宣祖名敬，宋人避其嫌名也。）本謂鏡湖耳。《輿地志》曰：『山陰南湖，縈帶郊郭，白水翠岩，互相映發，若鏡若圖，故王逸少云：『山陰路上行，如在鏡中遊。』名始義之耳。李太白《登半月臺詩》亦云：『水色淥且靜，令人思鏡湖。終當過江去，愛此暫踟躕。』則知湖以如鏡得名，無可疑者。……太白又有《送友人尋越中山水詩》：『湖清霜鏡曉，濤白雪山來。』」遺山詩意謂鑑湖春好，桃花錦浪，長吉胡不賦此？而獨如秋蟲切切，泣涕燈前若山鬼乎？

宋計有功《唐詩紀事》卷四十三《李賀》：「『飛香走紅滿天春』（《上雲樂》句）『酒酣喝月使倒行。』（《秦王飲酒》句）『踢天磨刀割紫雲』（《紫石硯》句）右張為取作《主客圖》。」（唐張為撰《詩人主客圖》，以中唐杜甫、元結之友孟雲卿為高古奧逸主，上入室一人，韋應物；入室六人：李賀、杜牧、李餘、劉猛、李涉、胡幽貞。）長吉其他警句：《李憑箜篌引》：「女媧煉石補天處，石破天驚逗秋雨。」《雁門太守行》：「黑雲壓城城欲摧。」「霜重鼓寒聲不起。」《夢天》：「遙望齊州九點烟，一泓海水杯中瀉。」

《唐兒歌》：「骨重神寒天廟器，一雙瞳人剪秋水。」《河南府試十二月樂詞・三月》：「曲水飄香去不歸，梨花落盡成秋苑。」《綠章封事》：「石榴花發滿溪津，溪女洗花染白雲。」《天上謠》：「王子吹笙鵝管長，呼龍耕煙種瑤草。」《浩歌》：「南風吹山作平地，帝遣天吳移海水。」「買絲繡作平原君，有酒唯澆趙州土。」《南園十三首》之一：「可憐日暮嫣香落，嫁與春風不用媒。」《金銅仙人辭漢歌》：「東關酸風射眸子。」「憶君清淚如鉛水。」「天若有情天亦老。」《致酒行》：「天荒地老無人識。」《開愁歌》：「壺中喚天雲不開，白晝萬里閒凄迷。」《夜坐吟》：「為君起唱《長相思》，簾外嚴霜皆倒飛。」《榮華樂》：「將迴日月先反掌，欲作江河惟畫地。」《韓員外愈皇甫侍御湜見過因而命作》：「二十八宿羅心胸，元精耿耿貫當中，殿前作賦聲摩空，筆補造化天無功。」《將進酒》：「況是青春日將暮，桃花亂落如紅雨，勸君終日酩酊醉，酒不到劉伶墳上土。」《嘲少年》：「有時半醉百花前，背把金丸落飛鳥。」

其十七云：

「切響浮聲發巧深，研摩雖苦果何心？【注一】
浪翁水樂無宮徵，自是雲山《韶》《濩》音。」【注二】

（自注：「水樂，次山事。又其《欸乃曲》云：『停橈靜聽曲中意，好是雲山《韶》《濩》音。』」）

【注一】此非聲病之說，為徒重聲色格律，而忽視神理氣味者，下一鍼砭。沈約《宋書・謝靈運傳論》：「若夫敷衽論心，商搉前藻，工拙之數，如有可言：夫五色相宣，八音協暢，由乎玄黃律呂，各適物宜。欲使宮羽相變，低昂舛節，若前有浮聲，則後須切響。一簡之內，音韻盡殊；兩句之中，輕重悉異。妙達此旨，始可言文。至於先士茂製，諷高歷賞：子建《函京》之作（曹植《贈丁儀、王粲詩》起句：「從軍度函谷，驅馬過西京。」），仲宣《灞岸》之篇（王粲《七哀詩》二首之一結云：「南登灞陵岸，迴首望長安，悟彼下泉人，喟然傷心肝！」），子荊《零雨》之章（晉孫楚，字子荊，其《征西官屬送於陟陽候作詩一首》起云：「晨風飄歧路，零雨被秋草。」），正長《朔風》之句（晉王瓚，字正長，其《雜詩》起云：「朔風動秋草，邊馬有歸心。」）。並直舉胸情，非傍詩史，正以音律調韻，取高前式。自靈均以來，多歷年代，雖文體稍精，而此秘未覩。至於高言妙句，音韻天成，皆暗與理合，匪由思至。張、蔡、曹、王，曾無先覺；潘、陸、謝、顏，去之彌遠。世之知音者有以得之，此言非謬；如曰不然，請待來哲。」《說文》：「摩、研也。（莫婆切）」

【注二】《新唐書・元結傳》：「結少不羈，十七，乃折節向學，事元德秀，天寶十二載舉進士。……肅宗擢為山南西道節度參謀，又參山南東道來瑱府。……瑱誅，結攝領府事。代宗立，固辭，丐侍親，歸樊上（今河南濟源縣境）。授著作郎，益著書。作《自釋》曰：

『河南，元氏望也。結，元子名也。次山，結字也。……天下兵興，逃亂入猗玗洞（玗、音于。），始稱猗玗子。後家瀼濱，乃自稱浪士。及有官，人以為浪者亦漫為官乎？呼為漫郎。……更曰聱叟。』久之，拜道州刺史。……卒年五十，贈禮部侍郎。」元結《水樂說》：「元子於山中，尤所耽愛者，有水樂。水樂，是南磳之懸水，淙淙然，聞之多，久於耳，尤便。不至南磳，即懸庭前之水，取欹曲竇缺之石，高下承之，水聲少似，聽之亦便。銘曰：『烟纔通，寒淙淙，隔山風，老鼓鐘。』」又《欸乃曲》五首，序云：「大曆丁未中（代宗大曆二年），漫叟結為道州刺史，以軍事詣都使還州，逢春水，舟行不進，作《欸乃》五首，命舟子唱之，蓋以取適於道路云。」其三云：「千里楓林煙雨深，無朝無暮有猿吟。停橈靜聽曲中意，好是雲山《韶》《濩》音。」《莊子・天下篇》：「黃帝有《咸池》，堯有《大章》，舜有《大韶》，禹有《大夏》，湯有《大濩》，文王有《辟雍》之樂，武王、周公作《武》。」王漁洋《戲效元遺山論詩絕句》三十二首之六云：「漫郎生及開元日，與世聱牙古性情。誰嗣《篋中》冰雪句？（元結選其同時名位不顯，年壽不終之沈千運等七人詩二十二首，為《篋中集》。序云：「近世作者，更相沿襲，拘限聲病，喜尚形似；且以流易為辭，不知喪於雅正。然哉，彼則指詠時物，會諧絲竹，與歌兒舞女，生汙惑之聲於私室，可矣；若令方直之士，大雅君子，聽而誦之，則未見其可也。」）《谷音》一卷獨錚錚。」【明都穆《南濠詩話》：「元杜清碧（宋末遺民）、本集亡，宋節士之詩，為《谷音》二卷，惜世罕傳，予近得其本，……皆悲憤激烈，讀之可為流涕。」】元次山與杜工部友善，其詩如古鐘磬，不諧俗耳，故遺山云云。翁方綱《石洲詩話》卷七：「此皆絃外之旨，亦須善會之。猶夫排比鋪陳一章，非必吐棄一切之謂也。」又卷五云：「切響浮聲發巧深：蓋以縛於聲律者未必皆合天機也。然音節配對，如雙聲疊韻之類，皆天地自然之理，未可以巧抹殺之。」

其十八云：

「東野窮愁死不休，高天厚地一詩囚。【注一】

江山萬古潮陽筆，合在元龍百尺樓。」【注二】

【注一】此首蓋韓、孟優劣論，亦是定論。歐陽修《讀聖俞蟠桃詩寄子美》五古：「韓、孟於文詞，兩雄力相當。篇章綴談笑，雷電擊幽荒，眾鳥誰敢和？鳴鳳呼其凰。孟窮若纍纍，韓富浩穰穰；窮者啄其精，富者爛文章；發生一為宮，揫歛一為商。二律雖不同，合奏乃鏘鏘。」《朱子語類》卷一百四十：「《韓文・鬥雞聯句》云：『一噴一醒然，再接再礪乃。』……此是孟郊語也，也說得好。又曰：『爭觀雲填道，助叫波翻海』，此乃退之之豪；『一噴一醒然，再接再礪乃。』此是東野之工。」此不作優劣也。劉攽《中山詩話》云：「東野與退之聯句詩，宏壯博辯，若不出一手，王深父（王回，與王安石友善。）云：『退之容有潤色也。』」東坡《讀孟郊詩》二首之一五古云：「要當鬥僧清，未足當韓豪。」此以韓為優也。南宋初呂本中《童蒙訓》云：「徐師川（名俯，山谷甥。）問山谷曰：『人言東野聯句，即非平日所作，是退之有所潤色。』山谷云：『退之安能潤色東野！若東野潤色退之，卻有此理。』」則山谷以孟為優也。遺山時，江西詩派風靡天下，論者大抵以為東野勝昌黎，故遺山特為此論也。《新唐書・孟郊傳》：「孟郊者，字東野，湖州武康人。少隱嵩山，性介，少諧合，（韓）愈一見，為忘年交。年五十，（實德宗貞元十二年，年四十六。）得進士第，調溧陽尉（溧陽，在江蘇宜興縣西。），縣有投金瀨、平陵城，林薄蒙翳，下有積水。郊間往，坐水旁，裴回賦詩，而曹務多廢。……卒年六十四，張籍諡曰貞曜先生。郊為詩，有理致，最為愈所稱，然思苦奇澀，李觀（字元賓）亦論其詩曰：『高處在高無上，平處下顧二謝』云。」韓愈《送孟東野序》：「唐之有天下，陳子昂、蘇源明、元結、李白、杜甫、李觀皆以其所能鳴；其存而在下者，孟郊東野，始以其詩鳴。其高、出於魏、晉，不懈而及於古，其他、浸淫乎漢氏矣。」又《醉贈張秘書》云：「東野動驚俗，天葩吐奇芬。」又《薦士》五古：「國朝盛文章，子昂始高蹈；勃興得李、杜，萬類困陵暴；後來相繼生，亦各臻閫奧。有窮者孟郊，受材實雄驁；冥觀洞古今，象外逐幽好。橫空盤硬語，妥貼力排奡；敷柔肆紆餘，奮猛卷海潦；榮華肖天秀，捷疾逾響報。」又《答孟郊》五古：「規模背時利，文字覷天巧；人皆餘酒肉，子獨不得飽。……朝餐動及午，夜諷恆至卯。名聲暫羶腥，腸肚鎮煎熪。」又《醉留東野》七古：「昔年因讀李白、杜甫詩，長恨二人不相從；吾與東野生並世，如何復躡二子蹤？……低頭拜東野，……吾願身為雲，東野變為龍，四方上下逐東野，雖有離別無由逢。」東野亦殊自許，其《戲贈无本五古》之一云：「詩骨聳東野，詩濤湧退之。」（无本，賈島初為僧時名也。）清葉燮《原詩・外篇》：「孟郊之才，不及韓愈遠甚，而愈推高郊，至低頭拜東野，願郊為龍身為雲，四方上下逐東野；盧仝、賈島、張籍等諸人，其人地與才，愈俱百十之，而愈一一為之歎賞推美。史稱其獎借後輩，稱薦公卿間，寒暑不避，……此其中懷闊大，天下之才皆其才，而何媢疾忌忮之有！」清施閏章《蠖齋詩話》：「韓文公與孟東野友善，韓公文至高，孟長於五言，時號孟詩韓筆。」沈德潛《說詩晬語》：「韓子高於孟東野，而為雲為龍，願上下四方逐之，古人胸襟，廣大爾許！」歐陽修《六一詩話》：「孟郊、賈島，皆以詩窮至死，而平生尤自喜為窮苦之句。孟有《移居詩》（一題《借車》）云：『借車載家具，家具少於車。』乃是都無一物耳。又《謝人惠炭》（一題《答友人贈炭》）云：『暖得曲身成直身。』人謂非其身備嘗之，不能道此句也。」宋魏泰《臨漢隱居詩話》：「孟郊詩，蹇澀窮僻，琢削不假，真苦吟而成，觀其句法，格力可見矣。其自謂『夜吟曉不休（一作「夜學曉未休」），苦吟神鬼愁，如何不自閑，人與身為讐？』（人，一作心。《夜感自遣》五古。）而退之薦其詩云：『榮華肖天秀，捷疾愈響報，』何也？」《文獻通考》卷二百四十二《經籍》六十九引蘇轍曰：「唐人工於為詩，而陋於聞道。孟郊嘗有詩云：『食薺腸亦苦，強歌聲無歡，出門如（本作即）有礙，誰謂天地寬？』（《贈崔純亮》五古）郊、耿介之士，雖天地之大，無以安其身，起居飲食，有慼慼之憂，是以卒窮以死。而李觀盛稱之，（謂「高處在古無上，平處下顧二謝。」）至韓退之亦談不容口，甚矣唐人之不聞道也！孔子稱顏子在陋巷，人不堪其憂，回也不改其樂，與郊異矣。」明俞弁《逸老堂詩話》卷上：「人之於詩，往往嗜好不同，如韓文公讀孟東野詩，有低頭拜東野之句，唐史言退之性倔強，任氣傲物，少許可，其推讓東野如此！坡公《讀孟郊詩》有云：『初如食小魚，所得不償勞；又如食（本作煮）蟛越，竟日嚼（本作持）空螯。』（東坡《讀孟郊詩》五古二首之一）二公（韓、蘇）皆才豪一世，而其好惡不同若此！元遺山有云：『東野悲鳴死不休，高天厚地一詩囚；江山萬古潮陽筆，合臥元龍百尺樓。』推尊退之而鄙薄東野至矣，此詩斷盡百年公案。」明瞿佑《歸田詩話》卷上：「遺山《論詩》云：『東野悲鳴死不休，高天厚地一詩囚；江山萬古潮陽筆，合臥元龍百尺樓。』推尊退之而鄙薄東野至矣。東坡亦有『未足當韓豪』【東坡《讀孟郊詩》之一：「要當鬥僧清（詩僧无本賈島也），未足當韓豪。」】之句，又云：『我厭（原作憎）孟郊詩，復作孟郊語。』（《讀孟郊詩》二首之二起句）蓋不為所取也。東野詩，如『食薺腸亦苦，強歌聲無歡，出門即有礙，誰謂天地寬。』又云：『夜吟曉不休，苦吟鬼神愁，如何不自閑，心與身為讎？』氣象如此，宜其一生跼蹐也。惟《登第》（一題《登科後》）云：『春風得意馬蹄疾，一日看盡長安花』，頗放繩墨；然長安花一日豈能看盡？此亦讖其不至遠大之兆。」翁方綱《石洲詩話》卷七：「韓門諸家，不斥賈而斥孟，亦與東坡意同。不論及李長吉者，遺山心眼抑自有所屬矣。昔杜樊川為《李長吉詩序》曰：『若使加以理，奴僕命《騷》可也。』未知遺山意中分際如何？」（翁氏蓋未知切切秋蟲一章是論長吉詩。）

東野其他窮愁危苦之詞，如《送遠吟》云：「離杯有淚飲，別柳無枝春。」《遠愁曲》：「聲翻太白雲，淚洗藍田峯。」《閒愁》云：「妾恨比斑竹，下盤煩冤根，有筍未出土，中已含淚痕。」《勸善吟》：「勸我少吟詩，俗窄難爾容。」「見書眼始開，聞樂耳不聰。」「天疾難自醫，詩癖將何攻？」《臥病》：「春色燒肌膚，時餐苦咽喉。」《亂離》：「淚下無尺寸，紛紛天雨絲。」《君子勿鬱鬱，士有謗毀者，作詩以贈之》：「人間少平地，森聳山嶽多。」《擇友》：「面結口頭交，肚裏生荊棘。」《落第》：「棄置復棄置，情如刀刃傷。」《再下第》：「一夕九起嗟，夢短不到家。兩度長安陌，空將淚見花。」《長安旅情》：「我馬亦四蹄，出門似無地。」《秋懷》：「冷露滴夢破，峭風梳骨寒。」「病骨可剸物，酸呻亦成文。」「幽苦日日甚，老力步步微，常恐暫下牀，至門不復歸。」「霜氣入病骨，老人身生冰。」《寒溪》：「溪老哭甚寒，涕泗水珊珊。」《泛黃河》：「有恨不可洗，虛此來經過。」《憶江南弟》：「衰老無氣力，呼叫不成風。」《送從叔校書簡南歸》：「寒草根未死，愁人心已枯。」《送淡公十二首》之十二：「一步一步乞，半片半片衣，倚詩為活計，從古多無肥。」《杏殤》九首之九：「病叟無子孫，獨立猶束柴。」《哭劉言史》：「詩人業孤峭，餓死良已多。」《弔盧殷十首》之一：「詩人多清峭，餓死抱空山。」其二：「卭風噫孟郊，嵩秋葬盧殷。」《聞砧》：「月下誰家砧，一聲腸一絕。」《病客吟》：「遠客晝呻吟，徒為蟲鳥音。」觀此，遺山詩因之喻為不虛矣。然其《列女操》云：「梧桐相待老，鴛鴦會雙死；貞婦貴狥夫，捨生亦如此。波瀾誓不起，妾心古井水。」《古薄命妾》：「棄置今日悲，即是昨日歡；將新變故易，持故為新難。」《古離別》：「春芳役雙眼，春色柔四支，楊柳織別愁，千條萬條絲。」《古樂府雜怨》：「樹有百年花，人無一定顏，花送人老盡，人悲花自閒。」《遊子吟》：「慈母手中綫，遊子身上衣，臨行密密縫，意恐遲遲歸。誰言寸草心，報得三春暉？」《苦寒吟》：「厚冰無裂文，短日有冷光。」《古怨》：「試妾與君淚，兩處滴池水，看取芙蓉花，今年為誰死？」《湘絃怨》：「昧者理芳草，蒿蘭同一鋤；狂飇怒秋林，曲直同一枯。」《湘妃怨》：「南巡竟不返，二妃怨逾積，萬里喪蛾眉，瀟、湘水空碧。」《巫山高》：「但飛蕭蕭雨，中有亭亭魂。」《車遙遙》：

「寄淚無因波，寄恨無因輈，願為馭者手，與郎迴馬頭。」《古別離》：「欲別牽郎衣，郎今到何處？不恨歸來遲，莫向臨邛去。」《遊俠行》：「壯士性剛決，火中見石裂，殺人不回頭，輕生如暫別。」《有所思》：「古鎮刀攢萬片霜，寒江浪起千堆雪。」《織女辭》：「如何織紈素，自著襤褸衣？」《古意》：「上山復下山，踏草成古蹤，徒言采蘼蕪，十度一不逢。鑒獨是明月，識志唯寒松；井桃始開花，一見悲萬重。」《折楊柳》：「莫言短枝條，中有長相思。」《古怨別》：「颯颯秋風生，愁人怨離別，含情兩相向，欲語氣先咽。」則皆李元賓所謂「高處在古無上」及昌黎所謂「高出晉、魏，浸淫乎漢氏」者也。又《審交》：「種樹須擇地，惡土變木根；結交若失人，中道生謗言。」《退居》：「種稻耕白水，負薪砍青山。」《偶作》：「利劍不可近，美人不可親；利劍近傷手，美人近傷身。」《結交》：「鑄鏡圖鑑微，結交圖相依；凡銅不可照，小人多是非。」《出東門》：「餓馬骨亦聳，獨驅出東門，……一生自組織，千首大雅言。」《酒德》：「酒是古明鏡，輾開小人心。」《秋懷》：「秋深月清苦，蟲老聲麤疏。」《懊惱》：「好詩更相嫉，劍戟生牙關。」《遊終南山》：「南山塞天地，日月石上生，高峯夜留景，深谷晝未明。山中人自正，路險心未平。」《石淙》：「百尺明鏡流，千曲寒星飛。」「日月凍有稜，雪霜空無影。」《和皇甫判官遊琅琊溪》：「樹杪燈火夕，雲端鐘梵齊。」《旅次洛城東水亭》：「霜落葉聲燥，景寒人語清。」《題陸鴻漸上饒新開山舍》：「開亭擬貯雲，鑿石先得泉。」《題韋承總吳王故居下幽居》：「才飽身自貴，巷荒門豈貧。」《蘇州崑山惠聚寺僧房》：「晴磬無短韻，古燈含永光。」《立德新居》：「夜高星辰大，晝長天地分。」《擢第後東歸書懷獻坐主呂侍御》（渭）：「蒹葭得波浪，芙蓉紅岸溼；雲寺勢動搖，山鐘韻噓吸。」《贈鄭夫子魴》：「天地入胸臆，吁嗟生風雷；文章得其微，物象由我裁。……勉矣鄭夫子，驪珠今始胎。」《送淡公十二首》之二：「鏡浪洗手綠，剡花入心春。」（頭二首亦見東坡集中，蓋誤入也。）奇峻蒼堅，不可勝舉，信可謂驚心動魄，一字千金者矣！昌黎豈徒阿私哉！宋曾季貍《艇齋詩話》云：「予舊因東坡詩云：『我憎孟郊詩』及『要當鬥僧清，未足當韓豪。』……何苦將兩耳，聽此寒蟲號。』遂亦不喜孟郊詩。五十以後，因暇日，試取細讀，見其精深高妙，誠未易窺，方信韓退之、李習之（翱。應云李元賓）尊敬其詩，良有以也。東坡性痛快，故不喜郊之詞艱深；要之孟郊、張籍，一等詩也。唐人詩有古樂府氣象者，惟此二人；但張籍詩簡古易讀，孟郊詩精深難窺耳。孟郊如《遊子吟》、《列女操》、《薄命妾》、《古意》等篇，精確宛轉，人不可及也。」趙翼《甌北詩話》卷三：「昌黎本好為奇崛矞皇，而東野盤空硬語，妥帖排奡；趣尚畧同，才力又相等，一旦相遇，遂不覺膠之投漆，相得無間，宜其傾倒之至也。……宋人疑聯句詩，多係韓改孟，黃山谷則謂韓何能改孟，乃孟改韓耳！此語未免過當。要之二人工力悉敵，實未易優劣。」

【注二】《新唐書・韓愈傳》：「遷刑部侍郎，憲宗遣使者往鳳翔迎佛骨，……愈聞惡之，乃上表曰：『……』表入，帝大怒，持示宰相，將抵以死。裴度、崔羣曰：『愈言訐牾，罪之誠宜；然非內懷至忠，安能及此？願少寬假，以來諫爭。』……乃貶潮州刺史。」潮州，隋置，唐改曰潮陽郡。《魏志・陳登傳》：「陳登者，字元龍，在廣陵有威名；又犄角呂布有功，加伏波將軍，年三十九卒。後許汜與劉備並在荊州牧劉表坐，表與備共論天下人，汜曰：『陳元龍湖海之士，豪氣不除。』備謂表曰：『許君論是非？』表曰：『欲言非，此君為善士，不宜虛言；欲言是，元龍名重天下。』備問汜：『君言豪，寧有事邪？』汜曰：『昔遭亂過下邳，見元龍，元龍無主客之意，久不相與語，自上大牀臥，使客臥下牀。』備曰：『君有國士之名，今天下大亂，帝主失所，望君憂國忘家，有救世之意；而君求田問舍，言無可采，是元龍所諱也，何緣當與君語？如小人，欲臥百尺樓上，臥君於地，何但上下牀之間邪！』表大笑。備因言曰：『若元龍文武膽志，當求之於古耳！造次難得比也。』」

晚唐司空圖《題柳柳州集後序》：「愚嘗覽韓吏部歌詩累百首，其驅駕氣勢，若掀雷抉電，奔騰於天地之間；物狀奇變，不得不鼓舞而徇其呼吸也。」東坡《潮州韓文公廟碑》文末七古云：「追逐李、杜參翱翔，汗流籍、湜走且僵。」宋張戒《歲寒堂詩話》卷上：「才力有不可及者，李太白、韓退之是也；意氣有不可及者，杜子美是也。……杜子美、李太白、韓退之三人，才力俱不可及；而就其中：退之喜奇崛之態；太白多天仙之詞；……至于杜子美，……乃聖賢法言，非特詩人而已。」又曰：「退之之詩，大抵才氣有餘，故能擒能縱，顛倒崛奇，無施不可。……蘇、黃門子由有云：『唐人詩當推韓、杜，韓詩豪杜詩雄；然杜之雄，亦可以兼韓之豪也。』此論得之。……退之詩、正可與太白為敵，然二豪不並立，當屈退之第三。」宋何谿汶《竹莊詩話》引《雪浪齋日記》云：「（為詩）欲氣格豪逸，當看退之、李白。」宋劉辰翁《趙仲仁詩序》：「後村謂文人之詩與詩人之詩不同，……其所乏適在此。文人兼詩，詩不兼文，杜雖詩翁，散語可見；惟韓、蘇傾竭變化，如雷霆河漢，可驚可快，必無復可憾者，蓋以其文人之詩也。」【陳師道《後山詩話》：「退之以文為詩，子瞻以詩為詞，如教坊雷大使（中慶）之舞，雖極天下之工，要非本色。」此論絕非。】金趙秉文《與李孟英書》：「少陵知詩之為詩，未知不詩之為詩；及昌黎以古文渾灝，溢而為詩，而古今之變盡。」明鍾惺《唐詩歸》：「唐文奇碎，而退之春融，志在挽回；唐詩淹雅，而退之艱奧，意專出脫。詩文出一手，彼此猶不相襲，真持世特識也。」明陸時雍《詩鏡總論》：「讀柳子厚詩，知其人無與偶；讀韓昌黎詩，知其世莫能容。」清葉燮《原詩・內篇》：「唐詩為八代以來一大變；韓愈為唐詩之一大變。其力大，其思雄，崛起特為鼻祖。宋之蘇、梅、歐、蘇、王、黃，皆愈為之發其端，可謂極盛。而俗儒且謂愈詩大變漢、魏，大變盛唐，格格而不許；何異居蚯蚓之穴，習聞其長鳴，聽洪鐘之響而怪之，竊竊然議之也？」又曰：「吾嘗觀古之才人，合詩與文而論之，如左丘明、司馬遷、賈誼、李白、杜甫、韓愈、蘇軾之徒，天地萬物皆遞開闢於其筆端，無有不可舉，無有不能勝；前不必有所承，後不必有所繼，而各有其愉快。如是之才，必有其力以載之；惟力大而才堅，故至堅而不可摧也，歷千百代而不朽者以此。」又《下篇》云：「作詩者在抒寫性情，……作詩有性情，必有面目。……舉韓愈之一篇一句，無處不見其骨相稜嶒，俯視一切，進不能容於朝，退又不能獨善於野，疾惡甚嚴，愛才若渴，此韓愈之面目也。」又云：「杜甫之詩，獨冠今古，此外上下千餘年，作者代有。惟韓愈、蘇軾，其才力能與甫抗衡，鼎立而三。韓詩無一字猶人，如太華削成，不可攀躋。」清高宗《唐宋詩醇》：「韓愈文起八代之衰，而其詩亦卓絕千古，論者常以文掩其詩。」清李重華《貞一齋詩說・論詩答問三則》：「七言成於鮑照，而李、杜才力廓而大之，終為正宗；厥後韓愈、蘇軾稍變之。然論七古，無逾此四家者矣。」又《詩談雜錄》：「七古、自晉世樂府以後，成于鮑參軍，盛於李、杜，暢於韓、蘇，凡此，俱屬正鋒。」又云：「夫所謂才子者，必胸中牢籠萬象，筆下鎔鑄百家。故就唐代論之，李白、杜甫、韓愈，真其人也。」姚鼐《惜抱軒尺牘・與伯昂從姪孫》：「大抵作詩、平易則苦無味，求奇則患不穩。去此兩病，乃可言佳。至於古體詩，須先讀昌黎，然後上溯杜公，下采東坡，於此三家，得門徑尋入。於中貫通變化，又係各人天分。」洪亮吉《北江詩話》卷二：「李青蓮之詩，佳處在不著紙；杜浣花之詩，佳處在力透紙背；韓昌黎之詩，佳處在『字向紙上皆軒昂』。」方東樹《昭昧詹言》卷一：「詩以豪宕奇恣為貴，此惟李、杜、韓、蘇四公有之。」又曰：「韓公縱橫變化，若不及杜公，而邱壑亦多；蓋是特地變，不欲似杜，非不能及。」又卷四曰：「有德者必有言，詩雖吟詠短章，足當著書，可以覘其人之德性學識，操持其本末，古今不過數人而已，阮公、陶公、杜、韓也。」又卷九曰：「杜、韓雖讀萬卷書，其志氣、以稷、契、周、孔為心（杜甫《自京赴奉先詠懷五百字》：「許身一何愚！竊比稷與契。」唐李漢《昌黎先生集序》：「日光玉潔，周情孔思，千態萬貌。」）；又於古人詩文變態萬方，無不融會於胸中，而以其不世出之筆力變化出之，此豈尋常齷齪之士所能辨哉！」又卷十一：「李、杜、韓、蘇，非但才氣筆力雄肆，直緣胸中蓄得道理多，觸手而發，左右逢源，皆有歸宿，使人心目了然饜足，足以感觸發悟心意。餘人胸無所欲言而強為，筆力既弱，章法又板，議論又卑近淺俚，故不足觀。」陳沆《詩比興箋》卷四：「當知昌黎不特約六經以為文，（昌黎《上宰相書》：「其所著，皆約六經之旨而成文。……亦時有感激怨懟奇怪之辭。」）亦直約《風》《騷》以成詩。」劉熙載《藝概》卷二《詩概》：「昌黎詩陳言務去，故有倚天拔地之意。」又曰：「詩文一源，昌黎詩有正有奇：正者，所謂約六經之旨而成文；奇者，即所謂感激怨懟奇怪之辭。」近人陳三立題程學恂《韓詩臆說》：「韓公詩繼李、杜而興，雄直之氣，詼詭之趣，自足鼎峙天壤，模範百世。」

其十九云：

「萬古幽人在澗阿，百年孤憤竟如何？【注一】無人說與天隨子，春草輸贏較幾多！」【注二】自注：「天隨子詩：『無多藥草在南榮，合有新苗次第生。稚子不知名品上，恐隨春草鬥輸贏。』」

【注一】此論萬古遺世者之在深山窮谷，或沈冥於麴糵，或自縱於澗阿，皆出於不得已；其所為詩，意內言外，旨遠辭微，原不勝孤憤，《衛風》之《考槃》，《陳風》之《衡門》，魏之阮嗣宗、嵇叔夜、晉之陶淵明、隋之王無功皆是也。其人實皆至情至性，非無意於世事者；特處於無可奈何之時，世皆溷濁，欲有為而不能，而剛腸疾惡，多所不堪，故避之惟恐不速耳。朱子曰：「隱者多帶性負氣之人為之」；遺山此論，可謂洞達。末二句乃貶辭，足為徒弄月吟風、模山範水者戒。清查慎行《初白菴詩評》云：「所見者大，亦從翻案出奇。」《易・履卦》九二：「履道坦坦，幽人貞吉。」《韓非子》有《孤憤篇》，《史記・太史公自序》：「韓非囚秦，《說難》《孤憤》。」（亦見《報任少卿書》）《詩・衛風・考槃》：「考槃在澗，碩人之寬。」（考，成也；槃，樂也。）又：「考槃在阿，碩人之薖。」（大陵曰阿，薖與寬同義，《韓詩》作偈，皆窠之叚借字，《說文》：「窠，空也。」空即寬大之意。）《詩序》云：「考槃，刺莊公也。不能繼先公（武公）之業，使賢者退而窮處。」黃山谷《何蕭二族詩》：「西漢功名相國多，南朝人物數諸何。向來富貴喧天地，亦有文章在澗阿。」

【注二】天隨子、晚唐陸龜蒙也。《新唐書・隱逸・陸龜蒙傳》：「字魯望……少高放，通六經大義，尤明《春秋》。舉進士，一不中，……不樂，拂衣去，居松江甫里，多所論撰。……不喜與流俗交，雖造門，不肯見。……時謂江湖散人、或號天隨子、甫里先生。」《全唐詩》收詩十四卷。宋晁公武《郡齋讀書志》卷四中：「陸龜蒙《笠澤叢書》四卷。……陸龜蒙、蘇州人。……舉進士，一不中，從張搏為蘇、湖從事，居松江甫里，以文章自怡。……自號江湖散人、或號天隨子、甫里先生。笠澤者，松江地名也。其自序云：『自乾符（僖宗）六年春，臥病笠澤，遇體中不甚羸耗時，亦隱几著書，詩賦銘記，往往雜發，不類不次，混而錄之，故曰叢書。』」陸龜蒙有《自遣詩》七絕三十首，其二十四云：「無多藥圃（施國祁注作草）近（施作在）南榮（《楚辭》王褒《九懷・思忠》：「與吾期兮南榮。」王逸注：「與己為誓，會炎野也。南方冬温，草木常茂，故曰南榮。」)，合有新苗次第生。稚子不知名品上，恐隨春草鬥輸贏。」自序云：「《自遣詩》者，震澤別業之所作也。故疾未平，厭厭臥田舍中，農夫日以耒耜事相聒，每至夜分不睡，則百端興懷攪人思，益紛亂無緒。且詩者持也，謂持其情性(《禮・內則篇》孔穎達疏引《詩緯・含神霧》：「詩者，持也。」《文心雕龍・明詩篇》：「詩者持也，持人情性。」)，使不暴去，因作四句詩，累至三十絕，絕各有意，既曰自遣，亦何必題為！」清吳景旭《歷代詩話》卷五十八辛集四《鬥草》條云：「《荊楚歲時記》云：『五月五日，有鬥百草之戲。』王岐公(北宋王珪，字禹玉，封岐國公。)《夫人閤端午帖子》：『後苑尋春趁午前，歸來競鬥玉欄邊。袖中獨有芸香草，留與君王辟蠹編。』陸魯望詩：『無多藥草在南榮，……』故元遺山《論詩三十首》有云：『萬古幽人在澗阿，……』」遺山詩意謂陸天隨應多孤憤之詩，而用此春草鬥輸贏之作奚為！蓋輕譏之，以為無益世教也。晉葛洪《抱朴子・外篇・辭義》：「不能拯風俗之流遯，世塗之陵夷，通疑者之路，賑貧者之乏；何異春華不為肴糧之用，茝蕙不救冰寒之急？古詩刺過失，故有益而貴；今詩純虛譽，故有損而賤也。」遺山詩意，與此畧同。【遺山於金哀宗天興三年甲午四十五歲，在聊城，有《校笠澤聚書後記》云：「《龜蒙詩文，如《聚書》與《松陵集》，予俱曾熟讀。龜蒙，高士也，學既博贍，而才亦峻潔，故其成就，卓然為一家；然識者尚恨其多憤激之辭，而少敦厚之義。若自憐賦、江湖散人歌之類，不可一二數。標置太高，分別太甚，鑱刻太苦，譏罵太過。唯其無所遇合，至窮悴無聊賴以死，故鬱鬱之氣，不能自掩；推是道也，使之有君有民，有政有位，不面折庭爭，埋輪扣馬；則奮髯抵几以柱後惠文（《漢書・張敞傳》：「敞弟武拜為梁相；……曰：『馭黠馬者，利其銜策；梁國大都，吏民凋敝，且當以柱後惠文彈治之耳。』」晉晉灼注：「漢注，法冠也，一號柱後惠文。……秦制，執法服，令御史服之，謂之解廌。」）從事矣，何中和之治之望哉！」則評陸天隨詩，與少作《論詩絕句》大異其趣矣。】

其二十云：

「謝客風容映古今，【注一】發源誰似柳州深？【注二】朱絃一拂遺音在，卻是當年寂寞心。」【注三】自注「柳子厚、宋之謝靈運。」

【注一】此論大謝而後，以柳子厚詩得之為最深也。鍾嶸《詩品上》：「宋臨川太守謝靈運詩，其源出於陳思，雜有景陽之體（景陽，張協字，詩列上品），故尚巧似（《詩品上》謂景陽詩「巧構形似之言」），而逸蕩過之，頗以繁蕪為累。嶸謂若人：興多才高，寓目輒書，內無乏思，外無遺物，其繁富宜哉！然名章迥句，處處間起；麗典新聲，絡繹奔會。譬猶青松之拔灌木，白玉之映塵沙，未足貶其高潔也。初，錢塘（即杭州）杜明師（僧人），夜夢東南有人來入其館，是夕即靈運生於會稽。旬日而謝玄亡（玄，靈運祖父，實生四歲而玄乃亡。），其家以子孫難得，送靈運於杜治養之（原注：「治，音稚，奉道之家靖室也。」）十五方還郡，故小名客兒。」沈約《宋書・謝靈運傳》：「祖玄，晉車騎將軍。父瑍，生而不慧，為秘書郎，蚤亡。靈運幼便穎悟，玄甚異之，謂親知曰：『我乃生瑍，瑍那得生靈運？』（覩此，則《詩品》謂靈運生旬日而玄亡者，信不然矣。）靈運少好學，博覽羣書，文章之美，江左莫逮，從叔混特知愛之。襲封康樂公，食邑三千戶。……性奢豪，車服鮮麗，衣裳器物，多改舊制，世共宗之，咸稱謝康樂也。……除宋國（晉安帝義熙十四年，劉裕為相國，封宋國公）黃門侍郎，遷相國從事中郎，世子左衞率。坐輒殺門生，免官。高祖受命（晉武帝元熙二年劉裕篡晉），降公爵為侯，食邑五百戶。起為散騎常侍，轉太子左衞率。靈運性褊激，多愆禮度，朝廷唯以文義處之，不以應實相許。自謂才能宜參權要，既不見知，常懷憤憤。……非毀執政，司徒徐羡之等患之，出為永嘉太守（今浙江永嘉縣）。郡有名山水，靈運素所愛好，出守既不得志，遂肆意遊遨，偏歷諸縣，動逾旬朔。民間聽訟，不復關懷。所至輒為詩詠，以致其意焉。在郡一周（一年也），稱疾去職，從弟晦、曜、弘微等並與書止之，不從。靈運父祖並葬始寧縣（今浙江上虞縣），並有故宅及墅，遂移籍會稽，修營別業，傍山帶江，盡幽居之美。與隱士王弘之、孔淳之等縱放為娛，有終焉之志。每有一詩至都邑，貴賤莫不競寫，宿昔之間，士庶皆偏，遠近欽慕，名動京師。……太祖（宋文帝劉義隆）登祚，誅徐羡之等，徵為秘書監。再召不起，上使光祿大夫范泰與靈運書敦獎之，乃出就職。使整理秘閣書，補足闕文。以晉氏一代，自始至終，竟無一家之史（晉人所著皆未完備），令靈運撰《晉書》，粗立條流，書竟不就。尋遷侍中，日夕引見，賞遇甚厚。靈運詩書，皆兼獨絕，每文竟，手自寫之，文帝稱為二寶。既自以名輩才能，應參時政，初被召，便以此自許；既至，文帝唯以文義見接，每侍上宴，談賞而已。王曇首、王華、殷景仁等，名位素不踰之，並見任遇，靈運意不平，多稱疾不朝直。……上書陳疾，上賜假東歸。……靈運以疾東歸，而遊娛宴集，以夜續晝。……因父祖之資，生業甚厚，奴僮既眾，義故門生數百，鑿山浚湖，功役無已。尋山陟嶺，必造幽峻，巖障千重，莫不備盡。登躡常著木履，上山則去前齒，下山去其後齒。嘗自始寧南山伐木開逕，直至臨海（今浙江臨海縣），從者數百人，臨海太守王琇驚駭，謂為山賊；徐知見靈運，乃安。……在會稽亦多徒眾，驚動縣邑。太守孟顗事佛精懇，而為靈運所輕，嘗謂顗曰：『得道應須慧業文人，生天當在靈運前，成佛必在靈運後。』顗深恨此言。……與顗遂構讎隙。因靈運橫恣，百姓驚擾，乃表其異志。……靈運馳出京都，詣闕上表曰：『……未聞俎豆之學，欲為逆節之罪；山棲之士，而構陵上之釁。……』太祖知其見誣，不罪也。不欲使東歸，以為臨川內史，賜秩中二千石。在郡遊放，不異永嘉，為有司所糾。司徒遣使隨州從事鄭望生收靈運，靈運執錄望生，興兵叛逸，遂有逆志，為詩曰：『韓亡子房奮，秦帝魯連恥，本自江海人，忠義感君子。』（全詩已不存）追討擒之，送廷尉治罪，……上愛其才……乃詔曰：『靈運罪釁累仍，誠合盡法；但謝玄功參「微管」，宜宥及後嗣。可降死一等，徙付廣州。』……有司又奏依法收治（上文稱其給錢令人買弓箭刀楯等物，殆亦誣也。）太祖詔於廣州行棄市刑。……時元嘉十年（陶公卒於元嘉四年），年四十九，所著文章傳於世。」

《文心雕龍・明詩篇》云：「宋初文詠，體有因革，莊、老告退，而山水方滋，儷采百字之偶，爭價一句之奇，情必極貌以寫物，辭必窮力而追新，此近世之所競也。」古公愚先生《詩品箋》云：「彥和此論，不啻為謝客而發。而鮑照曰：『謝五言如初發芙蓉，自然可愛。』梁簡文曰：『謝客吐言天拔，出於自然。』並與仲偉之說相輔。」（詳注見拙著《詩品箋疏》）杜甫《江上值水如海勢聊短述》七律首尾云：「為人性僻耽佳句，語不驚人死不休。……焉得思如陶、謝手，令渠述作與同遊。」宋胡仔《苕溪漁隱叢話・前集》卷一引《詩眼》（秦觀壻范温撰，亡。）云：「唐諸詩人，高者學陶、謝，下者學徐、庾，惟老杜、李白、韓退之，早年皆學建安，晚乃各自變成一家耳。」又卷二引《唐子西語錄》（北宋末唐庚撰，亡。）云：「三謝詩（靈運、惠連、朓。），靈運為勝，當就選中寫出熟讀，自見優劣也。」又引云：「今取靈運、惠連、玄暉詩，合六十四篇（《文選》實六十七首），為《三謝詩》。是三人者詩，至玄暉語益工，然蕭散自得之趣，亦復少減，漸有唐風矣，於此可以觀世變也。」又宋魏慶之《詩人玉屑》卷十三引云：「靈運如『矜名不足道，適己物可忽。』（《遊赤石進帆海詩》）『清暉能娛人，遊子澹忘歸。』（石壁精舍還湖中作）……等語，皆得三百篇之餘韻，是以古今以為奇作。」又引《雪浪齋日記》（失名）云：「讀謝靈運詩，知其攬盡山川秀氣。」又引云：「陶、謝詩所以妙者，由其人品高。」（遜陶實遠）又引云：「為詩欲詞格清美，當看鮑照、謝靈運。」宋嚴羽《滄浪詩話・詩評》云：「漢、魏古詩，氣象混沌，難以句摘；晉以還，方有佳句，如淵明『採菊東籬下，悠然見南山』，謝靈運『池塘生春草』（詳後）之類。謝所以不及陶者，康樂之詩精工，淵明之詩，質而自然耳。」宋葉夢得《石林詩話》卷下：「古今論詩者多矣，吾獨愛湯惠休稱謝靈運為初日芙蕖，沈約稱王筠為彈丸脫手，兩語最當人意。初日芙蕖，非人力所能為，而精彩華妙之意，自然見於造化之妙，靈運諸詩可以當此者亦無幾。」明張溥《謝康樂集題辭》：「其自訟表有云：『未聞俎豆之學，欲為逆節；山栖之士，而搆陵上』，言最明痛，而不免棄市；蓋酷禍造於虛聲，怨毒生於異代（謂晉亡），以衣冠世臣，公侯才子，欲倔強新朝，送齒丘壑（終老山林也），勢誠難之。予所惜者，涕泣非徐廣（《晉書・徐廣傳》：「及劉裕受禪，恭帝遜位，廣獨哀感，涕泗交流。謝晦見之，謂曰：『徐公將無小過也？』廣收淚而言曰：『君為宋朝佐命，吾乃晉室遺老；憂喜之事，固不同時。』乃更歔欷，因辭衰老，乞歸桑梓。」），隱遯非陶潛，孫登所謂抱歎於嵇生也。」（《晉書・嵇康傳》：「及汲郡山中見孫登，康遂從之遊，登沈默自守，無所言說。康臨去，登曰：『君性烈而才雋，其能免乎？』」）近人黃節《謝康樂詩注序》：「嗟夫！康樂之詩，合《詩》、《易》、聃、周、《騷》、《辨》、僊、釋以成之，其所寄懷，每寓本事；說山水，則苞名理。康樂詩不能識也。」茲畧舉其佳句如下：《過始甯墅》：「白雲抱幽石，綠篠媚清漣。」《登池上樓》：「池塘生春草，園柳變鳴禽。」《遊南亭》：「密林含餘清，遠峯隱半規。」《遊赤石進帆海》：「揚帆採石華，挂席拾海月。」《登江中孤嶼》：「雲日相輝映，空水共澄鮮。」《登永嘉綠嶂山詩》：「澗委水屢迷，林迴巖逾密。」《齋中讀書》：「虛館絕爭訟，空庭來鳥雀。」《初去郡》：「野曠沙岸淨，天高秋月明。」《石壁精舍還湖中作》：「昏旦變氣候，山水含清暉。」《從斤竹澗越嶺西行》：「巖下雲方合，花上露猶泫。」《南樓中望所遲客》：「園景早已滿，佳人殊未適。」《入華子岡是麻源第三谷》：「銅陵映碧澗，石磴瀉紅泉。」《歲暮》：「明月照積雪，朔風勁且哀。」《從遊京口北固應詔》：「皇心美陽澤，萬象咸光昭。」《隣里相送至力山》：「析析就衰林，皎皎明秋月。」《七里瀨》：「石淺水潺湲，日落山照曜。」《晚出西射堂》：「羈雌戀舊侶，迷鳥懷故林。」《石門新營所住，四面高山，迴溪石瀨，茂林修竹》：「巖傾光難留，林深響易奔。」《夜宿石門詩》：「暝還雲際宿，美此石上月。」《登臨嶠與從弟惠運》：「杪秋尋遠山，山遠行不近。」以上皆大謝詩之秀句也；其他說理之作，勝處殊不尟，嫌其冗長，不錄矣。

【注二】查慎行《初白菴詩評》云：「以柳州接康樂，千古特識。」翁方綱《石州詩話》卷七：「柳詩繼謝之注，至此發之（翁氏所見遺山詩，此注蓋同在論陶一首自注而在前。）。以白繼陶（注詳見前），以柳繼謝，與漁洋以韋繼陶不同，蓋漁洋不喜白詩耳。」【王漁洋《戲效元遺山論詩絕句》：「風懷澄澹推韋、柳，佳處多從五字求。解識無聲弦指妙，柳州那得並蘇州？」白詩不足配淵明，不論矣；漁洋以韋繼陶，氣格畧似（陶詩實無人可繼者！）；並柳亦繼陶，則非。遺山以柳繼謝，良是。】又《石洲詩話》卷八評王文簡《戲仿元遺山論詩絕句》云：「《許彥周詩話》（實見《東坡題跋》）：『東坡云：柳子厚詩，在陶彭澤下，韋蘇州上。』先生《分甘餘話》：『東坡此言誤矣！予更其語曰：韋詩在陶彭澤下，柳柳州上。』按弇州（明王世貞，字元美，號鳳洲，又號弇州山人。）《藝苑卮言》曰：『韋左司（韋應物曾為左司郎中）平澹古雅，柳州刻削雖工，去之稍遠。』此論與漁洋相似；然而遺山《論詩絕句》自注云：『柳子厚，唐之謝靈運；陶淵明，晉之白樂天』，此實上下古今之定品也。（湛銓案：評柳是，揚白非。）其不以柳與陶並言，而言其繼謝；不以陶與韋並言，而言其似白者：蓋陶與白，皆蕭散閒適之品；謝與柳，皆醞釀神秀（指「風容」二字言）之品也。漁洋先生不喜白詩，故獨取韋以繼陶也。獨取韋以繼陶，則竟云『陶、韋』可矣，奚其必取柳以居陶、韋之次乎？……夫東坡之言陶、柳、韋也，以詩品定之也，非專以襟抱閒曠定之也；若專以襟抱閒曠定之，則以陶、韋並稱足矣，不必系以柳矣……漁洋生於李、何（明李夢陽、何景明，謂唐以後無詩，卓然以復古自命。）一輩冒襲偽體之後，欲以沖淡矯之，此亦勢所不得不然；而究以詩家上下原委，核其實際，則斷以遺山之論為定耳。」又卷七云：「陶、謝體格，並高出六朝，而以天然閒適者歸之陶，以醞釀神秀者歸之謝，此所以為初日芙蓉，他家莫及也。東坡謂柳在韋上，意亦如此；未可以後來王漁洋謂韋在柳上，輒能翻此案也。遺山於論杜，不服元微之；而於繼謝者，獨推柳州。四十年前，愚在粵東藥洲亭上，與諸門人論詩，嘗有《韋柳詩話》一卷，意亦竊取於此。」（謂取遺山論陶、謝、柳州詩意也。翁氏號覃谿，乾隆十七年進士，嘗督廣東學政，年八十六卒。）

晚唐司空圖《題柳柳州集後序》：「今於華下，方得柳詩，味其深搜之致，亦深遠矣。俾其窮而克壽，抗精極思，則固非瑣瑣者輕可擬議其優劣。」《東坡題跋》卷二《題柳子厚詩》云：「詩須要有為而作，用事當以故為新，以俗為雅；好奇務新，乃詩之病。柳子厚晚年詩極似陶淵明，知詩病者也。」又《題柳子厚詩》：「柳子厚詩云：『鶴鳴楚山靜』（《與崔策登西山》五古起句：「鶴鳴楚山靜，露白秋江曉。」）『隱憂倦永夜』。【《登蒲州石磯、望橫江口、潭島深迴、斜對香零山》（製題亦迫大謝）五古起句：「隱憂倦永夜，凌霧臨江津。」東坡蓋舉子厚二詩，非取句也】東坡曰：子厚此詩，遠出靈運上。」又《書柳子厚詩》：「僕自東武（山東諸城縣）適文登【山東縣名。神宗元豐八年十月（三月神宗崩，哲宗即位，宣仁太皇太后聽政，翌年始改元。），東坡五十歲，以朝奉郎起知登州。】，並海行數日，道旁諸峯真若劍鋩，誦柳子厚詩，知海山多爾耶？子柳子云：『海上尖峯（集作山）若（集作似）劍鋩，秋來處處割人腸，若為（如何也）化作（集作得）身千億，遍（集作散）上峯頭望故鄉。』（《與浩初上人同看山、寄京華親故》七絕）」又《評韓柳詩》：「柳子厚詩，在陶淵明下，韋蘇州上。退之豪放奇險則過之，而溫麗靖淡不及也。所貴乎枯澹者，謂其外枯而中膏，似澹而實美，淵明子厚之流是也。若中邊皆枯，亦何足道！佛云：『如人食蜜，中邊皆甜』，（《四十二章經》：「佛言，學佛道者，佛所言說，皆應信順；譬如食蜜，中邊皆甜，吾經亦爾！」）人食五味，知其甘苦者皆是；能分別其中邊者，百無一二也。」又《書柳子厚南澗詩》（集作《南澗中題》，子厚謫永州時詩也。）：「『秋氣集南澗，獨遊亭午時，回風一蕭索（集作瑟），林影久參差。始至若有得，稍深遂忘疲。……羈禽響幽谷，寒藻舞淪漪。去國魂已遊，懷人淚空垂。孤生易為感，末路少所宜。寂寞竟何事？遲回（集作徘徊）只自知。誰歟（集作為）後來者？當與此心期。』柳子厚南遷後詩，清勁紆餘，大率類此。紹聖（哲宗）三年三月六日。（時貶在惠州，六十一歲。）」【《柳河東集》《五百家》注本及宋胡仔《苕溪漁隱叢話．前集》卷十九引東坡又題此詩後云：「柳儀曹《南澗詩》，憂中有樂，樂中有憂，蓋妙絕古今矣。然老杜云：『王侯與螻蟻，同盡隨丘墟』（《謁文公上方》五古），儀曹何憂之深也？」】又《對韓柳詩》：「韓退之詩云：『水（集作江）作青羅帶，山為（集作如）碧玉簪』；（《送桂州嚴大夫同用南字》五律三四）；柳子厚詩云：『海上羣山若劍鋩，秋來處處割愁腸。』陸道士（東坡同時能詩者）云：「二公當時，不相計會好，做成一屬對。』東坡為之對云：『繫悶豈無羅帶水？割愁還有劍鋩山。』（《白鶴峯新居欲成夜過西鄰翟秀才》七律二首之一五六句。時哲宗紹聖三年，六十一歲，貶在惠州。）此可編入詩話也。」又《書柳子厚詩》：「柳柳州《酬婁秀才寓居開元寺早秋病中見寄》：（集早秋下多月夜兩字。）『客有故園思，瀟湘生夜愁。病依居士室，夢繞羽人丘。（屈原《遠遊》：「仍羽人於丹丘兮，留不死之舊鄉。」王逸注：「丹丘，晝夜常明也。《山海經》言：『有羽人之國，不死之民。』或曰：『人得道，身生毛羽也。』」洪興祖《補注》：「羽人，飛仙也。」）味道憐知止，遺名得自求。壁空殘月曙，門掩候蟲秋。謬委雙金重，難徵雜珮酬。」【晉張華《擬四愁詩》：「佳人遺我綠綺琴（司馬相如琴名），何以贈之雙南金。」（《詩・魯頌・泮水》：「元龜象齒，大賂南金。」）《詩・鄭風・女曰雞鳴》：「知子之好之，雜佩以報之。」】碧霄無枉路，徒此助離憂。』元符（哲宗）己卯（二年）十一月十九日，忽得龍川信，寄此紙，書此篇（時六十四歲，貶在瓊州儋耳。）」又《書王子思詩集後》：「李、杜之後，詩人繼作，雖間有遠韻，而才不逮意；獨韋應物、柳宗元，發纖穠於簡古，寄至味於澹泊，非餘子所及也。」《山谷題跋》卷二：「予友生王觀復，作詩有古人態度。雖氣格已超俗，但未能從容中玉佩之音，左準繩，右規矩爾。【《禮・玉藻》：「周還中規，折還中矩，進則揖之，退則揚之，然後玉鏘鳴也。故君子在車，則聞鸞（鈴也）和之聲，行則鳴佩玉，是以非辟之心無自入也。」】意者讀書未破萬卷，觀古人之文章，未能盡得其規摹及所總覽籠絡；但知玩其山龍黼黻成章耶？（《書・益稷》：「予欲觀古人之象，日、月、星辰、山、龍、華、蟲作會；宗彝、藻、火、粉米、黼黻、絺繡，以五采彰施于五色作服。」）故手書柳子厚詩數篇遺之，欲知子厚如此學陶淵明，乃為能近之耳；如白樂天，自云效陶淵明，數十篇，終不近也。」《苕溪漁隱叢話・前集》卷十九引范溫（少游壻）《詩眼》云：「子厚詩，尤深遠難識，前賢亦未推重，自老坡發明其妙，學者方漸知之。」又引《蔡寬夫詩話》（寬夫，名居厚，北宋末人。）云：「子厚之貶，其憂悲憔悴之歎，發於詩者，特為酸楚，閔己傷志，固君子所不免，然亦何至是！卒以憤死，未為達理也。」又引《洪駒父詩話》（駒父，名芻，山谷甥）：「東坡言鄭谷（晚唐人）詩：『江上晚來堪畫處，漁人披得一簑歸。』（《雪中偶題》七絕，上二句云：「亂飄僧舍茶烟溼，密灑歌樓酒力微」，亦不甚佳；此結句，東坡所譏良是。）此村學中詩也。子厚云：『千山鳥飛絕，萬徑人蹤滅，孤舟簑笠翁，獨釣寒江雪』（《江雪》五絕），信有格也哉！殆天所賦，不可及也。」又引《石林詩話》（宋魏慶之《詩人玉屑》卷十五《韓柳警句》有此，不云《石林詩話》，今傳《石林詩話》未見此條。）云：「蔡天啟（名肇，神宗元豐時進士。）言：嘗與張文潛論韓、柳五字警句，文潛舉退之『暖風抽宿麥，清雨卷歸旗』（「奉和兵部張侍郎貫『酬鄆州司尚書總祇召途中見寄，開緘之日，馬帥已再領鄆州』之作」五律五六。）子厚：『壁空殘月曙，門掩候蟲秋。』皆集中第一。」又《後集》卷三十三云：「《西清詩話》，蔡百衲絛所撰也，已嘗行世矣。余舊錄得百衲所作詩評，今列於此云：『柳子厚詩，雄深簡淡，迥拔流俗，至味自高，直揖陶謝；然似入武庫，但覺森嚴。……』」（宋魏慶之《詩人玉屑》卷十五《休齋評子厚詩》云：「柳子厚小詩，幼眇清妍，與元（稹）、劉（禹錫）並馳而爭先；而長句大篇，便覺窘迫，不若韓之雍容。」）宋釋惠洪《冷齋夜話》卷五：「柳子厚詩曰：『漁翁夜傍西巖宿，曉汲清湘然楚竹，烟消日出不見人，欸乃一聲山水綠。回看天際下中流，巖上無心雲相逐。』（《漁翁》短古）東坡云：『詩以奇趣為宗，反常合道為趣，熟味此詩，有奇趣；然其尾兩句，雖不必亦可。』」

除上所見外，茲復畧舉柳州五言佳句如下：《贈江華長老》：「風窗疎竹響，露井寒松滴。」《再至界圍巖水簾遂宿巖下》：「笙簧潭際起，鸛鶴雲間舞。古苔凝青枝，陰草溼翠羽。……幽巖畫屏倚，新月玉鉤吐。」《夏夜苦熱登西樓》：「山澤凝暑氣，星漢湛光輝。」《遊南亭夜還敘志七十韻》：「木落寒山靜，江空秋月高。」《旦攜謝山人至愚池》：「霞散眾山迥，天高數雁鳴。」《溪居》：「曉耕翻露草，夜榜響溪石。」《秋曉行南谷經荒村》：「寒花疎寂歷，幽泉微斷續。」《中夜起望西園值月上》：「石泉遠逾響，山鳥時一喧。」《法華寺西亭夜飲》：「霧暗水連階，月明花覆牖。」《茆簷下始栽竹》：「網蟲依密葉，曉禽棲迴枝。」《早梅》：「朔吹飄夜香，繁霜滋曉白。」《酬韶州裴曹長使君寄道州呂八大使因以見示二十韻》：「月光搖淺瀨，風韻碎枯菅。」（茅也）《晨詣超師院讀禪經》：「道人庭宇靜，苔色連深竹。日出霧露餘，青松如膏沐。」稍揭風容，餘難盡舉矣。

近人揭陽曾習經剛甫《蟄庵詩存‧壬子八九月所讀書題詞‧柳河東集》云：「不安唐古氣堂堂，五言直逼《華子岡》（大謝有《入華子岡是麻源第三谷》詩），後人未識儀曹旨，只與時賢較短長。」自注云：「柳州五言，大有不安唐古之意，（明）胡應麟舉《南澗》一篇，以為六朝妙詣（《詩藪・內編》卷二：「……柳儀曹《南澗》，……皆六朝之妙詣，兩漢之餘波也。」）；不知其五言諸篇，多摹大謝也。有唐一代，刻意大謝，柳州一人而已。」又《謝康樂集》云：「漫道凡夫聖可齊，不經意處耐攀躋，後人率爾談康樂，且向前賢學製題。」自注云：「康樂詩，記室贊許久矣；至其製題簡淨，正復妙絕今古，倘張天如（明張溥，字天如）所謂『出處語默（見《易・繫辭》），無一人近』者耶？（《謝康樂集題辭》：「彼出處語默，無一人近，予固知其不殺不止。」）柳州五古，刻意陶、謝，兼學康樂製題，如《湘口館，瀟、湘二水所會。》《登蒲州石磯、望江口、潭島深迴，斜對香零山》等題，皆極用意。此旨、自柳州至今無聞焉。不賢識小，正爾慙皇；後有大雅，哂我南人學問，有牖中窺日而已。」【《世說新語・文學》：「褚季野（名裒）語孫安國（名盛）云：『北人學問，淵綜廣博。』孫答曰：『南人學問，清通簡要。』支道林（晉高僧）聞之曰：『聖賢固所忘言，自中人以還，北人看書，如顯處視月；（所見者廣，然難周徧而識闇。）南人學問，如牖中視日。』（所見者狹，然易精而智明。）」】又《題謝宣城集・自注》云：「大謝、終唐世，只柳州一人問津，他無聞焉。」

【注三】《禮・樂記》：「清廟之瑟，朱絃而疏越，一唱而三歎，有遺音者矣。」大謝《齋中讀書詩》：「昔余遊京華，未嘗廢邱壑；矧乃歸山川，心跡雙寂寞。」寂寞心，本此。

其二十一云：

「窘步相仍死不前，唱酬無復見前賢；

縱橫正有凌雲筆，俯仰隨人亦可憐。」【注一】

【注一】此譏世之為詩者不能自具鑪鞴，別開生面；而疊牀架屋，不脱前人窠臼也。查慎行《初白菴詩評》云：「幺絃孤韻，聆者淒然。」陸機《文賦》：「收百世之闕文，採千載之遺韻，謝朝華於已披，啟夕秀於未振。」又云：「必所擬之不殊，乃闇合乎曩篇，雖杼軸於予懷，怵他人之我先，苟傷廉而愆義，亦雖愛而必捐。」此不窘步相仍，俯仰隨人者也。《世説新語・文學》：「庾仲初（晉庾闡，字仲初，庾亮之族，九歲能屬文，為《揚都賦》，邈絕當時，見劉孝標《世説新語》注。）作《揚都賦》成，以呈庾亮，亮以親族之懷，大為其名價，云：『可三《二京》，四《三都》。』於此人人競寫，都下紙為之貴。謝太傅云：『不得爾！此是屋下架屋耳！事事擬學，而不免儉狹。』」劉孝標注引「王隱論揚雄《太玄經》曰：『《玄經》雖妙，非益也！是以古人謂其屋下架屋。』」《太平御覽》卷六百一《文部・著書上》引三國《典畧》曰：「齊主（北齊武成帝）如晉陽，尚書右僕射祖珽（字孝徵）等上言：『昔魏文帝命韋誕諸人撰著《皇覽》，包括羣言，區分義別。……前者脩文殿令臣等尋討舊典，撰錄斯書，……成三百六十卷。昔漢世諸儒，集論經傳，奏之白虎閣，因名《白虎通》，竊緣斯義，仍曰《脩文殿御覽》。……』」初、齊武成令宋士素錄古來帝王言行要事三卷，名為《御覽》，置於齊主巾箱。陽休之創意，取《芳（應作華）林遍略》……稱為《玄洲苑御覽》，後改為《聖壽堂御覽》；至是，珽等又改為《脩文殿》上之。徐之才（與珽同時，幼而儁發，五歲誦《孝經》，有神童之目。珽執政，為侍中、太子太師，年八十卒。）曰：『此可謂牀上之牀，屋下之屋也。』」北齊顏之推《顏氏家訓・序致篇》：「魏晉以來，所著諸子，理重事複，遞相模斆，猶屋下架屋，牀上施牀耳！」《魏書・祖瑩傳》：「祖瑩、字元珍（祖珽之父）。……年八歲，能誦詩書，……好學躭書，以晝繼夜，父母恐其成疾，禁之不能止。……內外親屬，呼為聖小兒。……錄尚書事，……遷車騎大將軍，……封文安縣子，……遷儀同三司，進爵為伯。……瑩以文學見重，常語人云：『文章須自出機杼，成一家風骨，何能共人同生活也！』蓋譏世人好偷竊他文，以為己用。」劉勰《文心雕龍・指瑕篇》：「制同他文，理宜刪革。若掠人美辭，以為己力，寶玉大弓，終非其有。（定公八年《春秋》經文：「盜竊寶玉大弓。」杜預注：「盜、謂陽虎也。……寶玉，夏后氏之璜；大弓，封父之繁弱。」）全寫則揭篋，傍采則探囊，【《莊子・胠篋篇》：「將為胠（開也）篋探囊發匱之盜而為守備，則必攝緘縢（攝，收也。緘，打結；縢，束繩。）固扃鐍（扃，關；鐍，音決，鎖也。），此世俗之所謂智也；然而巨盜至，則負匱揭（舉也）篋擔囊而趨，唯恐緘縢扃鐍之不固也。」】然世遠者太輕，時同者為尤矣。」（謂取之古遠者其罪輕，取之時人者其罪重也。）韓愈《答李翊書》：「當其取於心而注於手也，惟陳言之務去。」又《南陽樊紹述墓誌銘》：「樊紹述既卒，且葬，愈將銘之，從其家求書，……多矣哉！古未嘗有也。然而必出於己，不襲蹈前人一字一句，又何其難也！必出入仁義，其富若生蓄萬物，必具海含地負，放恣橫從，無所統紀，然而不煩於繩削而自合也。……銘曰：『惟古於詞必己出，降而不能乃剽賊，後皆指前公相襲，從漢迄今用一律。寥寥久哉莫覺屬，神徂聖伏道絕塞，既極乃通發紹述。文從字順各識職（事也），有欲求之此其躅（猶蹟）』也。」北宋宋祁《宋景文筆記上》：「柳州為文，或取前人陳語用之，不及韓吏部卓然不丐於古，而一出諸己。」南宋胡仔《苕溪漁隱叢話・前集》卷四十九：「呂居仁（名本中，作《江西詩派圖》者。）與曾吉甫（名幾，陸游師。）論詩第一帖云：『寵諭作詩次第，此道不講久矣。如本中，何足以知之！或勵精潛思，不便下筆；或遇事因感，時時舉揚，工夫一也。古人作者，正如是耳。惟不鑿空彊作，出於牽彊，如小兒就學，俯就課程耳。《楚辭》、杜、黃，固法度所在；然不若徧考精取，悉為吾用，則姿態橫出，不窘一律矣。如東坡、太白詩，雖規摹廣大，學者難依，然讀之使人敢道，澡雪滯思，無窮苦艱難之狀，亦一助也。要之此事，須令有所悟入，則自然度越諸子；悟入之理，正在工夫勤惰間耳。……近世次韻之妙（次韻始於元、白，白《和微之詩二千三首序》云：「大凡依次用韻，韻同而意殊；約體為文，文成而理勝。」），無出蘇、黃，雖失古人唱酬之本意，然用韻之工，使事之精，有不可及者。』第二帖云：『……近世江西之學者，雖左規右矩，不遺餘力，而往往不知出此，故百尺竿頭，不能更進一步，亦失山谷之旨也。』」宋戴復古《論詩十絕》之四云：「意匠茹神變化生，筆端有力任從橫。須教自我胸中出，切忌隨人而後行。」遺山此詩，始亦嫌江西後學之徒事次韻唱酬，氣息懨懨，了無精詣也。前賢，盡指坡、谷，下一首再發之。（近人郭紹虞《中國文學批評史》四九《元好問論詩絕句》：「遺山才氣奔放，本近東坡，故其論詩，只取凌雲健筆，頗譏俯仰隨人、窘步相仍之作。」）《漁隱叢話・前集》卷四十九又曰：「《宋子京筆記》云：『文章必自名一家，然後可以傳不朽；若體規畫圓，準方作矩，終為人之臣僕，古人譏屋下架屋，信然。陸機曰：「謝朝花於已披，啟夕秀於未振。」韓愈曰：「惟陳言之務去。」此乃為文之要。』（今傳《宋景文筆記》三卷無此條矣。）苕溪漁隱曰：學詩亦然：若循習陳言，規摹舊作，不能變化，自出新意，亦何以名家？魯直詩云：『隨人作計終後人。』又云：『文章最忌隨人後。』（山谷《以右軍書數種贈邱十四》：「隨人作計終後人，自成一家始逼真。」又《贈謝敞王博諭》：「文章最忌隨人後，道德無多祇本心。」）誠至論也。」（南宋魏慶之《詩人玉屑》卷之五《忌隨人後》條全用胡仔語，末注《宋子京筆記》，並胡氏語亦以為出小宋，誤矣。）金王若虛《滹南詩話》卷二：「鄭厚云：『魏、晉以來，作意唱和，以文寓意；近世唱和，皆次其韻，不復有真詩矣。……』鄭厚此論，似乎太高；然次韻，實作者之大病也。……才識如東坡，亦波蕩而從之，集中次韻者，幾三之一，雖窮極技巧，傾動一時，而害于天全多矣。使蘇公而無此，其去古人何遠哉！」明都穆《南濠詩話》：「東坡云：『詩須有為而作』（《東坡題跋》卷二《題柳子厚詩》：「詩須要有為而作……」見第二十首注二）山谷云：『詩文惟不造空強作，待境而生，便自工耳。』（《山谷全書・別集》卷十一《雜著》論作詩文：「文章惟不搆空強作，詩遇境而生，便自工耳。」見第十一首注一。）予謂今人之詩，惟務應酬，真無為而強作者，無怪其語之不工；元遺山詩云：『縱橫正有淩雲筆，俯仰隨人亦可憐。』知此病者也。」明陸時雍《詩鏡總論》：「絕去故常，劃除塗轍，得意一往，乃佳。依傍前人，改成新法，非其善也。豪傑命世，肝膽自行，斷不依人眉目。」

凌雲筆：《漢書・司馬相如傳》：「相如既奏《大人賦》，天子大說，飄飄有凌雲氣，游天地之間意。」杜甫《戲為六絕句》之一：「庾信文章老更成，凌雲健筆意縱橫。今人嗤點流傳賦，不覺前賢畏後生。」窘步：《離騷》：「彼堯、舜之耿介兮，既遵道而得路；何桀、紂之昌披兮，夫唯捷徑以窘步。」

其二十二云：

「奇外無奇更出奇，一波纔動萬波隨。

只知詩到蘇黃盡，滄海橫流卻是誰？」【注一】

【注一】此為東坡、山谷及己而發，非譏彈蘇、黃也。（遺山《跋蘇黃帖》云：「蘇、黃翰墨；片言隻字，皆未名之寶，百不為多，一不為少，尚計少作耶。」）奇外無奇：謂詩至杜工部、韓昌黎已極古今天下之變，似無復能開生面者矣；更出奇：謂至坡、谷又另闢一境也。一波纔動萬波隨：謂南宋人羣相師效蘇、黃也。末句，以蘇、黃而外別樹一幟自任也。翁方綱《石洲詩話》卷七：「遺山寄慨身世，屢致滄海橫流之感，而於論蘇、黃發之。竇臮《述書賦》論褚河南，正是此意，不知者以為不滿褚書也。」【竇臮，字靈長，中唐人，其《述書賦下》云：「河南專精，克儉克勤，伏膺告誓，銳思猗文。恐無成於畫虎，將有類於效顰。（畫虎，見馬援《與兄子嚴敦書》。效顰，出《莊子・天運篇》。）雖價重衣冠，名高內外，澆漓後學，而得無罪乎？」《新唐書・褚遂良傳》：「褚遂良，字登善。……累遷起居郎，博涉文史，工隸楷。太宗嘗歎曰：『虞世南死，無與論書者。』魏徵白見遂良，帝令侍書。帝方博購王羲之故帖，天下爭獻，然莫能質真偽，遂良獨論所出，無舛冒者。……高宗即位，封河南縣公，進郡公。」杜甫《發潭州》五律五六：「賈傅才何有？褚公書絕論。」（潭州即長沙，遂良後貶潭州都督。）褚河南師法右軍書，後自成一體，竇氏謂其澆漓後學，殆中唐時人，法褚書者較法王右軍為眾；猶其後南宋人效蘇、黃者，反較效杜、韓為眾也。】又云：「讀至此首之論蘇詩，乃知遺山之力爭上游，非語言筆墨所能盡傳者矣。」又翁氏《小石帆亭著錄・五、七言詩三昧舉隅》云：「蘇、黃之後，放翁、遺山二家，並騁詞場，而遺山更為高秀。」

劉禹錫《九華山》七古引云：「昔予仰太華，以為此外無奇；愛女几荊山，以為此外無秀。今見九華，始悼前言之容易也。」宋釋惠洪《冷齋夜話》卷七：「華亭船子和尚（唐高僧，《傳燈錄》卷十四：「華亭船子和尚，名德誠，嗣藥山，嘗於華亭吳江汎一小舟，時謂之船子和尚。」）偈曰：『千尺絲綸直下垂，一波纔動萬波隨，夜靜水寒魚不食，滿船空載月明歸。』叢林盛傳，想見其為人。宜州（山谷也）倚曲音成長短句曰：『一波纔動萬波隨，簑笠一鉤絲。金鱗正在深處，千尺也須垂。……』（《訴衷情》）」（亦見宋彭乘《墨客揮犀》卷七）胡仔《苕溪漁隱叢話・後集》卷二一：「古今詩人，以詩名世者，或只一句，或只一聯，或只一篇；雖其餘別有好詩，不專在此，然傳播於後世，膾炙於人口者，終不出此矣，豈在多哉！……『百尺絲綸直下垂，一波纔動萬波隨。夜靜水寒魚不餌，滿船空載月明歸。』此華亭船子也。……」姜夔《姜氏詩說》：「波瀾開闔，如在江湖中，一波未平，一波已作。如兵家之陣，方以為正，又復是奇；方以為奇，又復是正。出入變化，不可紀極，而法度不可亂。」晉范甯《穀梁集解序》：「天下蕩蕩，王道盡矣！孔子覩滄海之橫流，迺喟然而歎曰：『文王既沒，文不在茲乎？』言文王之道喪，興之者在己。」遺山末句，蓋以興復自任，翁覃谿所謂力爭上游者是也。

宋曾季貍《艇齋詩話》：「東湖（山谷甥徐俯，字師川，七歲能詩，為舅氏器重，官至參知政事，有《東湖集》，蓋其號也。）嘗與予言近世人學詩，止於蘇、黃。又其上，則有及老杜者；至六朝詩人，皆無人窺見。若學詩而不知有《選》詩，是『大車無輗，小車無軏』（見《論語・為政》。軏，音月，又音兀，《說文》作軏。輗軏，皆車轅端持衡者。）東湖嘗書此以遺予，且多相勸讀《選》詩；近世論詩，未有令人學《選》詩，惟東湖獨然，此所以高妙。」宋呂本中《呂氏童蒙訓》云：「讀《莊子》，令人意寬思大，敢作（比東坡詩）；讀《左傳》，便使人入法度，不敢容易（比山谷詩），二書不可偏廢也。近世讀東坡、魯直詩，亦類此。」（《苕溪漁隱叢話・前集》卷四十九引，今傳《童蒙訓》論詩文者皆刪去矣，此道學家之過也。）宋朱弁《曲洧舊聞》卷八：「崇寧大觀

（皆徽宗年號）間，海外詩盛行（謂東坡貶嶺南之作），後生不復有言歐公者，朝廷雖嘗禁止，賞錢增至八十萬；禁愈嚴而傳愈多，往往以多相誇，士大夫不能誦坡詩，便自覺氣索，而人或謂之不類（一作韻）。」釋惠洪《石門題跋》卷二云：「黃魯直氣摩雲霄，與東坡並馳而爭先。二公皆名震天下，聖世第一等人也。」宋王明清《揮麈錄・第三錄》卷之二：「九江有碑工李仲寧，刻字甚工，黃太史題其居曰琢玉坊。崇寧初，詔郡國刊元祐黨籍姓名，太守使仲寧劖之，仲寧曰：『小人家舊貧窶，止因開蘇內翰、黃學士詞翰，遂至飽暖。今日以姦人為名，誠不忍下手。』守義之曰：『賢哉！士大夫之所不及也。』餽以酒而從其請。」宋陳鵠《耆舊續聞》卷二：「呂居仁云：自古以來，語文章之妙，廣被眾體，惟東坡一人。極風雅之變，盡比興之體，包括眾作，本以新意者，唯豫章（山谷）一人。此二者，當永以為法。」坡、谷詩文，於北宋末已風靡天下如是，況至南宋乎！宋劉克莊《後村詩話・前集》：「元祐（哲宗）後詩人迭起，一種則波瀾富（學蘇者）而句律疎，一種則鍛煉精（學黃者）而情性遠，要之不出蘇、黃一體而已。（施國祁注以下續云：「陳與義云：『詩至老杜，極矣，蘇、黃復振之，而正統不墜。』」未知何據。）及簡齋出，始以老杜為師，（實亦學山谷也）……造次不忘憂愛，以簡嚴掃繁縟，以雄渾代尖巧，第其品格，故當在諸家（指南宋）之上。」又《江西詩派小序》：「國初詩人，……至六一、坡公，巍然為大家數，學者宗焉；然二公亦各極其天才筆力之所至而已，非必鍛鍊勤苦而成也。豫章稍後出，會粹百家句律之長，究極歷代體制之變，蒐獵奇書，穿穴異聞，作為古律，自成一家，雖隻字半句不輕出，遂為本朝詩家宗祖。」金王若虛《滹南詩話》卷二：「昔人論詩，謂韓不如柳，蘇不如黃；雖黃亦云：『世有文章名一世，而詩不如古人者』，殆蘇之謂也。（此出《苕溪漁隱叢話》，不足信。宋邵博《邵氏聞見後錄》卷二十一云：「趙肯堂親見魯直晚年懸東坡像於室中，每蚤作，衣冠薦香，肅揖甚敬。或以名聲相上下為問，則離席敬避曰：『庭堅望東坡，門弟子耳，安敢失其序哉！』今江西君子曰蘇、黃者，非魯直本意。」）是大不然。漢、魏以前，詩格簡古，世間一切細事長語，皆著不得，其勢必久而漸窮；賴杜詩一出，乃稍為開擴，庶幾可盡天下之情事。韓一衍之，蘇再衍之，於是情與事無不可盡，而其為格亦漸麤矣；然非具宏才博學，逢原而泛應，誰與開後學之路哉！」王漁洋《古詩選・七言詩凡例》：「蘇文忠公凌踔千古，獨心折山谷之詩，數效其體，前人之虛懷如此！後世腐儒謂山谷與東坡爭名，何其陋耶？【宋周煇《清波雜志》：「山谷在南康落星寺，一日憑欄，忽傳坡逝，痛惜久之；已而見寺僧，拈几上香合在手，曰：『此香匾子自此却屬老夫矣。』豈名素相軋而然，或傳之過？」（此條頃檢周氏書未見，是近人丁傳靖引，容再考。）元元懷《拊掌錄》：「黃魯直在荊州，聞東坡下世，士人往弔之，魯直抱一手起行獨步。」上二條所記，未可輕信。】山谷雖脫胎於杜，顧其天資之高，筆力之雄，自闢庭戶；宋人作《江西派圖》，極尊之，配食子美，要非山谷意也。」又《師友詩傳錄》：「七言古，若李太白、杜子美、韓退之三家，橫絕萬古；後世之追風躡影，惟蘇長公一人而已。」又《漁洋詩話》卷下：「七言歌行，杜子美似《史記》，李太白、蘇子瞻似《莊子》，黃魯直似《維摩詰經》。七言歌行至子美、子瞻二公，無以加矣；而子美同時，又有李供奉（即太白）岑嘉州之創闢經奇；子瞻同時，又有黃太史之奇特；正如太華之有少華，太室之有少室。」清沈德潛《說詩晬語》卷下：「蘇子瞻胸有洪爐，金銀鉛錫，皆歸鎔鑄；其筆力之超曠，等於天馬脱羈，飛仙遊戲，窮極變幻，而適如意中所欲出。韓文公後，又闢一境界也。元遺山云：『只知詩到蘇、黃盡，滄海橫流卻是誰？』嫌其有破壞唐體之意（遺山本意非譏東坡、山谷使滄海橫流也，特云舉世皆師坡、谷，如滄海之橫流，無能疏鑿而別開宗派者耳。）；然正不必以唐人律之，蘇門諸君子清才林立，並入寰中，猶之邾、莒已。」趙翼《甌北詩話》卷五：「以文為詩，自昌黎始，至東坡益大放詞，別開生面，成一代大觀。今試平心讀之，大概才思橫溢，觸處生春，胸中書卷繁富，又足以供其左旋右抽，無不如志。其尤不可及者，天生健筆一枝，爽如哀梨（漢秣陵哀仲，種梨甚美，大如升，入口消釋，時稱哀家梨。《世說新語・輕詆》：「桓南郡每見人，不快，輒嗔云：『君得哀家梨，當復不烝食不？』」），快如并剪（杜甫《戲題畫山水圖歌》結句：「焉得并州快剪刀，剪取吳松半江水。」），有必達之隱，無難顯之情，此所以繼李、杜後為一大家也。」又卷十一：「北宋詩推蘇、黃兩家，蓋才力雄厚，書卷繁富，實旗鼓相當。」方東樹《昭昧詹言》卷十：「山谷立意，求與人遠；奈何今人動好自詡吾詩似某代某家，而冒與為近？」又卷二十：「山谷之學杜，絕去形摹，盡洗面目，全在作用，意匠經營。善學得體，古今一人而已。」

其二十三云：

「曲學虛荒小說欺，俳諧怒罵豈詩宜！【注一】

今人合笑古人拙：『除卻雅言都不知。』【注二】

【注一】此詩教也。謂曲學虛荒，小說欺詐及俳諧怒罵，皆非詩之所宜；而今人多以相尚，且譏笑古人，謂其除卻雅言，他皆不知；不知此正古人勝處也。《漢書・儒林傳》：「轅固，齊人也。以治《詩》，孝景時為博士。……武帝初即位，復以賢良徵，諸儒多嫉毀曰：『固老，罷歸之。』時固已九十餘矣。公孫弘亦徵，仄目以事固（顏師古曰：「言深憚之。」），固曰：『公孫子，務正學以言，無曲學以阿世！』」《莊子・外物篇》：「飾小說以干縣令（縣，謂高名；令，謂令問。），其於大達亦遠矣。」此小說二字之所出，然謂非大道耳，非後世所謂小說家言也。《漢書・藝文志・諸子畧》：「小說家者流，蓋出於稗官（細碎小官），街談巷語，道聽塗說者之所造也。」顧炎武《日知錄・重厚》：「今之詞人，……淫辭豔曲，傳布國門，……傷敗風化，宜與非聖之書，同類而焚，庶可以正人心術。」清錢大昕《潛研堂文集》卷十七《正俗》：「古有儒、釋、道三教，自明以來，又多一教，曰小說。小說演義之書，未嘗自以為教也，而士大夫農工商賈，無不習聞之；以至兒童婦女，不識字者，亦皆聞而如見之，是其教，較之儒、釋、道而更廣也。釋、道猶勸人以善，小說專教人以惡；姦邪淫盜之事，儒、釋、道所不忍斥言者，彼必盡相窮形，津津樂道。以殺人為好漢，以漁色為風流，喪心病狂，無所忌憚。子弟之逸居無教者多矣，又有此等書以誘之，曷怪其近於禽獸乎！世人習而不察，輒怪刑獄之日繁，盜賊之日熾；豈知小說之中於人心者，已非一朝一夕之故也！有覺世牖民之責者，亟宜焚而棄之，勿使流播，內自京邑，外達直省，嚴察坊市，有刷印鬻售者，科以違制之罪，行之數十年，必有弭盜省刑之效。或訾吾言為迂闊事情，是目睫之見也。」又《十駕齋養新錄》卷十八《文人．浮蕩》：「唐士大夫多浮薄輕佻，所作小說，無非奇詭妖豔之事，任意編造，誑惑後輩；而牛僧孺《周秦行紀》（見拙著《東坡樂府編年箋注》），猶為狂誕。……宋元以後，士之能自立者，皆恥而不為矣；而市井無賴，別有說書一家，演義盲詞，日增月益，誨淫勸殺，為風俗人心之害，較之唐小說，殆有甚焉。」

《隋書．經籍志．集部．總集類》著錄：「《誹諧文》三卷。」又「《俳諧文》十卷。」魏徵自注云：「（劉宋）袁淑撰。梁有《續俳諧文集》十卷，又有《俳諧文》一卷，沈宗之撰。」《文心雕龍》有《諧隱篇》，杜甫有《戲作俳諧體遣悶》二首，李商隱有《俳諧》一首，皆五律。《文心》云：「芮良夫之詩曰：（《大雅．桑柔篇》。周厲王卿士芮良夫作。）『自有肺腸，俾民卒狂。』夫心險如山（《莊子．列禦寇》篇引孔子曰：「凡人之心，險於山川，難知於天。」），口壅若川（川塞則橫流，《國語．周語》：「防民之口，甚於防川」），怨怒之情不一，歡謔之言無方。……但本體不雅，其流易弊。……曾是莠言，有虧德音；豈非溺者之妄笑，胥靡之狂歌歟？（《左傳》哀公二十年：「溺人必笑。」《呂氏春秋．仲夏紀．大樂篇》：「溺者非不笑也，罪人非不歌也，狂者非不武也。」胥靡，刑徒也，即罪人。）……謬辭詆戲，無益規補。……雖有小巧，用乖遠大。……文辭之有諧隱，譬九流之有小說，蓋稗官所采，以廣視聽，若效而不已，則髡、朔之入室，旃、孟之石交乎。」（齊威王時淳于髡、漢武帝時東方朔、秦二世時優旃、楚莊王時優孟，皆滑稽者流。石交，見《漢書・韓信傳》。）

黃庭堅《山谷題跋》卷二：《書王知載朐山（朐音劬；朐山，在江蘇東海縣南。）雜詠後》云：「詩者，人之性情也；非強諫爭於廷，怨忿詬於道，怒鄰罵坐之為也。其人忠信篤敬，抱道而居，與時乖逢，遇物悲喜，同牀而不察，並世而不聞；情之所不能堪，因發於呻吟調笑之聲，胸次釋然，而聞者亦有所勸勉；比律呂而可歌，列干羽（干戚，武舞；羽旄，文舞。）而可舞，是詩之美也。其發為訕謗侵陵，引頸以承戈，披襟而受矢，以快一朝之忿者，人皆以為詩之禍，是失詩之旨，非詩之過也。故世相後或千歲，地相去或萬里，誦其詩而想見其人，所居所養，如旦暮與之期，鄰里與之游也。」宋嚴羽《滄浪詩話・詩辯》：「詩者，吟詠情性也，……近代諸公，……其末流甚者，叫噪怒張，殊乖忠厚之風，殆以罵詈為詩；詩而至此，可謂一厄也。」姜夔《白石道人詩説》：「喜辭鋭，怒辭戾，哀辭傷，樂辭荒，愛辭結，惡辭絕，欲辭屑（皆失之偏）。樂而不淫，哀而不傷，其惟《關雎》乎！」戴復古式之《石屏集》：「昭武太守王子文，日與李賈、嚴羽共觀前輩一兩家詩及晚唐詩，因有《論詩》十絕（石屏為作），子文見之，謂無甚高論，亦可作詩家小學須知。」十絕之二云：「古今胸次浩江河，才比諸公十倍過，時把文章供戲謔，不知此體誤人多。」清施閏章《蠖齋詩話》：「山谷言：『近世少年，不肯深治經史，徒取助詩，故致遠則泥。』【見山谷《與方蒙書》。《漢書・藝文志・諸子畧》：「小説家者流，……街談巷語，道聽塗説者之所造也。孔子曰（實子夏語）：『雖小道，必有可觀者焉！致遠恐泥，是以君子弗為也。』】此最為詩人鍼砭。詩如其人，不可不慎：浮華者浪子，叫囂者粗人，窘瘠者淺，癡肥者俗。風雲月露，鋪張滿眼；識者見之，直是一葉空紙耳。故曰：『君子以言有物。』（《易・家人卦・象辭》。）」清方東樹《昭昧詹言》卷一：「詩文以瓌怪瑋麗為奇，然非粗獷傖俗，客氣矜張，（《左傳》定公八年陽虎曰：「盡客氣也。」杜預注：「言客氣非勇。」蓋色厲內荏之類。）餖飣句字，而氣骨輕浮者可貌襲也。」又曰：「姚姬傳先生嘗教樹曰：『大凡學詩，必先知古人迷悶難似（謂先須真似古人），否則其人必終於此事無望矣。』先生之教，但言求合之難如此，矧其變也？蓋合，可言也；變，不可言也。近世有一二庸妄鉅子（殆譏袁枚、趙翼），未嘗至合，而輒矜求變；其所以為變，但糅以市井諧諢、優伶科白（元人劇曲有科白，謂表情與道白也。）、童孺婦媼（媼，奥上聲，老婦也。），淺鄙凡近惡劣之言，而濟之以雜博餖飣故事；蕩滅典則，欺誣後生，遂令古法全亡，大雅殄絕；則又不如且求合之，為猶存古法也。」

遺山先生有《詩文自警》十卷，惜不傳。其《楊叔能小亨集引》云：「初予學詩，以十數條自警云：無（通毋）怨懟！無詭浪！無驁狠！無崖異！無狡訐！無媕阿（游移無定貌）！無傅會！無籠絡（攀附權貴之意）！無衒鬻！無矯飾！無為堅白辯！無為賢聖癲！無為妾婦妬！無為仇敵謗傷！無為聾俗鬨傳！無為瞽師皮相！無為黥卒醉橫！無為黠兒白捻（捻，音聶，撚也。此猶云「好行小慧。」）！無為田舍翁木強！無為法家醜詆！無為牙郎轉販！【牙郎，代售貨物者。《資治通鑑・唐紀》三十：「有史窣干者（即史思明。

窣音率），與祿山同里閈，先後一日生（史，除夕生；祿山，元旦生。）；及長，相親愛，皆為互市牙郎。」元胡三省注：「牙郎，駔儈也。南北物價，定於其口，而後相與貿易。」】無為市倡怨恩！無為琵琶娘人魂韻詞！無為村夫子《兔園策》！【策，亦作冊。《新五代史．劉岳傳》：「岳，名家子，好學，敏於文辭，善談論。……後唐明宗時，為吏部侍郎。……宰相馮道，世本田家，狀貌質野，朝士多笑其陋。道旦入朝，兵部侍郎任贊與岳在其後，道行，數反顧，贊問岳：『道反顧何為？』岳曰：『遺下《兔園冊》爾！』《兔園冊》者，鄉校俚儒教田夫牧子之所誦也，故岳舉以誚道。道聞之大怒，徙岳秘書監。」宋晁公武《郡齋讀書志》卷三下：「《兔園策》十卷，唐虞世南撰。（據《宋史．藝文志》及王應麟《困學紀聞》皆云唐杜嗣先撰《兔園冊府》三十卷，蓋嫁名虞世南者。）。奉王命纂古今事，為四十八門，皆偶儷之語。」】無為筭沙僧（《傳燈錄》卷十唐徑山禪師云：「佛祖正法，直截亡詮，汝算海沙，於理何益？」）困義學（謂墮禪障也）！無為稠梗治禁之祠！（稠梗，未見所出。稠，疑作招。《周禮．天官》：「女祝，掌王后之內祭祀，凡內禱祠之事；掌以時招、梗、禬、禳之事，以除疾殃。」唐賈公彥疏：「招者，招取善祥；梗者，禦捍惡之未至；禬者，除去見在之災；禳者，推卻見在之變異。」招梗治禁之祠，謂巫祝道士之咒禁語也。）無為天地一我、古今一我（自大狂）！無為薄惡所逐！無為正人端士所不道！信斯言也，予詩其庶幾乎！」此遺山先生詩教，亦行己養心之大道也。又為楊飛卿作《陶然集詩序》云：「詩之目既廣……大概以脱棄凡近，澡雪塵翳，驅駕聲勢，破碎敵陣，囚鎮怪變，軒豁幽秘，籠絡今古，移奪造化為工；鈍滯僻澀，淺露浮躁，狂縱淫靡，詭誕瑣碎，陳腐為病。」

【注二】《論語・述而》篇：「子所雅言，《詩》《書》執《禮》，皆雅言也。」何晏《集解》引孔安國曰：「雅言，正言也。」朱子《集注》：「雅，常也。……程子曰：『孔子雅素之言。』」兩通。末句是遺山述時人譏笑古人語，杜工部云：「爾曹身與名俱滅，不廢江河萬古流」，先生之意，亦猶是也。

其二十四云：

「『有情芍藥含春淚，無力薔薇臥曉枝；』拈出退之《山石》句，始知渠是女郎詩。」【注一】

【注一】此評秦少游詩，嫌其筆力弱，無豪傑氣也。大抵先生之於詩，主於雄傑超邁，激昂慷慨，觀其所自作及《論詩》中可見，如：「曹、劉坐嘯」，「缺壺壯懷」，「縱橫詩筆」，「慷慨歌謠」，「筆底銀河落九天」，「江山萬古潮陽筆」，「縱橫正有凌雲筆」，此美之也；而云「溫、李新聲」，「沈、宋、齊、梁」，則譏之矣。《金史》本傳云：「其詩奇崛而絕雕劌，……歌謠慷慨，挾幽、并之氣。」金郝經《遺山先生墓銘》云：「先生……獨以詩鳴，上薄《風》《雅》，中規李、杜，粹然一出於正，直配蘇、黃氏。……歌謠跌宕，挾幽、并之氣，高視一世。」又《祭遺山先生文》云：「方雷厲以風飛，掞鴻章而振纓，挫萬象於筆端，倒河漢於一傾。」元徐世隆《遺山先生集序》：「詩祖李、杜，律切精深，而有豪放邁往之氣。」元劉秉忠《讀遺山詩》四首之一云：「劍氣從教犯斗牛，百川橫放海難收，九天直上無凝滯，更看銀河一派流。」明宋子虛《續夷堅志序》：「遺山，中原人，使生宋熙、豐間，與蘇、黃諸人同時，當大有聲。……觀其文與詩詞，宏肆軼蕩……」錢謙益《重刻唐詩鼓吹序》：「遺山之稱詩，主于高華鴻朗，激昂痛快。」清趙翼《甌北詩話》卷八：「元遺山才不甚大，書卷亦不甚多（絕非），較之蘇、陸，自有大小之別（蘇則然，陸不爾。甌北學陸而得其粗，故云耳。）；然正惟才不大，書不多，而專以精思銳筆，清鍊而出，故其廉悍沈摯處，較勝於蘇、陸。蓋生長雲朔（漢雲中郡，唐置雲州，皆山西也。朔，北也。朔州，今山西朔平縣。），其天稟本多豪健英傑之氣，又值金源亡國，以宗社邱墟之感，發為慷慨悲歌，有不求而自工者。此固地為之也，時為之也。」姚范云：「遺山……才與情稱，氣兼壯逸，興會所詣，殊覺蒼涼而醲至。」吳汝綸曰：「遺山沈痛激烈，神似杜公，千載以來不可再得者。讀之最能增長筆力，是少陵嫡派也。」（此評七律）

秦觀《春日》七絕五首之二云：「一夕輕雷落萬絲，霽光浮瓦碧參差。有情芍藥含春淚，無力薔薇臥曉枝。」韓愈《山石》七古起調云：「山石犖确行徑微，黃昏到寺蝙蝠飛，升堂坐階新雨足，芭蕉葉大梔子肥。」清方東樹《昭昧詹言》卷十二云：「許多層事，只起四語了之。雖是順敘，卻一句一樣境界，如展畫圖，觸目通層在眼，何等筆力！」

遺山《中州集》卷九《異人類·擬栩先生王中立小傳》：「中立，字湯臣，博學強記，問無不知。……予嘗從先生學，問『作詩究竟當如何？』先生舉秦少游《春雨》詩云：『有情芍藥含春淚，無力薔薇臥曉枝。』『若以退之芭蕉葉大梔子肥之句較之，則《春雨》為婦人語矣。破卻工夫，何至學婦人！』先生晚年易名雲鶴，自號擬栩云。」宋黃徹《碧溪詩話》卷三：「鍾嶸稱張茂先，惜其『兒女情多，風雲氣少。』喻鳧嘗謁杜紫微，（杜牧也。唐人謂中書省官為紫微郎，牧終中書舍人，故有此稱。喻鳧，唐文宗開成五年進士，有詩一卷，見《全唐詩》卷五百四十三。）不遇，乃曰：『我詩無綺羅鉛粉，宜不售也。』淮海詩亦然；人戲謂可入小石調（商聲燕樂，聲濁。），然率多美句，但綺麗太勝爾。」明瞿佑《歸田詩話》卷上：「元遺山《論詩》三十首，內一首云：『有情芍藥含春淚，無力薔薇臥晚（應作曉，下同）枝；拈出退之《山石》句，始知渠是女郎詩。』初不曉所謂，復見《詩文自警》一篇，亦遺山所著，謂『有情芍藥含春淚，無力薔薇臥晚枝』，此少游《春雨》詩也。非不工巧，然以退之《山石》句觀之，渠乃女郎詩也。破卻工夫，何至作女郎詩！』按昌黎詩云：『山石犖确行徑微，黃昏到寺蝙蝠飛，升堂坐階新雨足，芭蕉葉大梔子肥。』遺山故為此論。然詩亦相題而作，又不可拘以一律，如老杜云：『香霧雲鬟溼，清輝玉臂寒。』（《月夜》五律五六）『俱飛蛺蝶元相逐，並蒂芙蓉本自雙。』（《進艇》七律五六）亦可謂女郎詩耶？」按：瞿氏此論未然，遺山是論少游詩大體如是；瞿氏所舉杜公句，則是別裁，不得等量齊觀也。宋陳師道《後山詩話》：

「蘇子瞻詞如詩，秦少游詩如詞。」（亦見宋孫奕《履齋示兒編》卷十六《人相反》條引），詞如詩，猶之可也；詩如詞，不競矣。杜公《戲為六絕句》之三結云：「或看翡翠蘭苕上，（郭璞《遊仙詩》：「翡翠戲蘭苕，容色更相鮮。」）未掣鯨魚碧海中。」錢謙益《錢注杜詩》卷十二云：「翡翠蘭苕，指當時研揣聲病，尋章摘句（描繪雕飾）之徒；鯨魚碧海，則所謂渾涵汪洋，千彙萬狀，兼古人而有之者也。亦退之之所謂『橫空盤硬，妥帖排奡』；（《薦士》五古，見前。）『垠崖崩豁，乾坤雷硠』（《調張籍》五古：「想當施手時，巨刃摩天揚，垠崖劃崩豁，乾坤擺雷硠。」雷硠雙聲，山崩貌也。此謂李、杜。）者也。」仇兆鰲《杜少陵集詳注》云：「據其小巧適觀，如戲翡翠於蘭苕；豈能鉅力驚人，若掣鯨魚於碧海乎？」【清顧嗣立《寒廳詩話》：「老杜論詩絕句：『或看翡翠蘭苕上，未掣鯨魚碧海中。』犀月（俞瑒）曰：『此詞家大家之分也。』」】遺山校量少游、退之之詩，猶杜公翡翠蘭苕，鯨魚碧海意也。顧嗣立《昌黎先生詩集注》：「七言古詩，易入整麗，而亦近平熟；自老杜始為拗體，如《杜鵑行》（除首二韻外，以下多用三平腳，間用平仄平。）之類。公之七言，皆祖此種（指一韻到底而用三平腳或平仄平者），而中間偏有極鮮麗處，不事雕琢，更見精采，有聲有色，自是大家。元遺山《論詩絕句》曰：「有情芍藥含春淚，無力薔薇臥晚枝，拈出退之《山石》句，始知渠是女郎詩。』真篤論也。」《師友詩傳錄》王阮亭答：「艷則精華洩而真氣消，麗則切偲心生而正聲滅，有志於《風》《雅》之君子，所為大憂也。」（《書‧湯誥》：「無從匪彝，無即慆淫。」匪彝，不法也；慆淫，逸蕩也。）姚鼐《今體詩鈔序目》云：「夫文以氣為主，七言今體，句引字賒，尤貴氣健；如齊、梁人古色古韻，夫豈不貴，然氣則躓矣。」少游《春日》詩雖是今體，與退之《山石》之古體不侔，然氣格殊弱，遺山比擬，非不倫也。查慎行《初白菴詩評》云：「齊、梁、陳、隋諸名家，大抵皆女郎詩，不數中唐以後也。（指晚唐、五代）」又《山谷別集・邢敦夫扇》（敦夫，名居實，自童子時已有文名，為東坡、山谷所賞愛。）七絕云：「黃葉委庭觀九州（《淮南子・說山訓》：「見一葉落，而知歲之將暮；睹瓶中之水，而知天下之寒。以近論遠。」—陶淵明《酬劉柴桑》詩：「空庭多落葉，慨然知已秋。」），小蟲催女獻功裘。【宋史溫注：「《周禮》（《天官》）有司裘。《春秋考異郵》曰：『立秋，促織鳴。』宋均注：『促織，蟋蟀也。立秋女功急，故促之。』」】金錢滿地無人費，百斛明珠薏苡秋。」（《後漢書・馬援傳》：「初，援在交阯，常餌薏苡實，用能輕身省慾，以勝瘴氣。……軍還，載之一車。……及卒後，有上書譖之者，以為前所載皆明珠文犀。」）宋史溫注引《王直方詩話》云：「秦少游嘗以真字題一絕於邢敦夫扇上云：『月團新碾瀹花瓷，飲罷呼兒課《楚詞》。風定小軒無落葉，青蟲相對吐秋絲。』山谷見之，復作小草，題此一絕，皆所自作詩也。少游後見之，復云：『逼我太甚！』」黃、秦兩絕句相較，氣格亦見，少游之為女郎詩，王湯臣、元遺山之誚為不虛矣。清吳景旭《歷代詩話》卷六十四壬前集下《女郎詩》條：「遺山論詩，直以詩作論也。抑揚諷歎，往往破的。讀者悉心靜氣以求之，得其肯會，大是談詩一助。少游乃填詞當家，其於詩場，未免踏入軟紅塵去，故遺山所詠，切中其病。他日又書以自警，蓋知之深，言之當也。」

其二十五云：

「亂後玄都（玄，清本避康熙諱改作元，今正。）失故基，《看花詩》在只堪悲。劉郎也是人間客，枉向春風怨兔葵。」【注一】

【注一】此標舉劉禹錫詩，拈出《看花詩》以例其餘，「詩在堪悲」，則感人深矣。末二句謂人生數十寒暑，彈指即盡，夢得非漢劉晨仙人之比，世間事物，原如露電泡影，轉瞬都空，玄都千樹與兔葵燕麥，應視同一例，何必怨乎！曹子桓曰：「既痛逝者，行自念也。」先生之意猶爾，非貶夢得也。晏幾道與鄭俠詩云：「小白長紅又滿枝，築毬場外獨支頤。春風自是人間客，主管繁華得幾時？」（見宋趙令畤《侯鯖錄》卷五，亦見宋曾敏行《獨醒雜志》卷四，「主管」作「主掌」。）遺山末二句詩意本此。又先生《夏山欲雨》七絕結云：「仙翁不是人間客，俗筆休將比郭熙。」則劉郎也是人間客之意可見矣。《劉賓客集》卷二十四：《元和十一年，自朗州（今湖南常德縣）承召至京，戲贈看花諸君子》七絕云：「紫陌紅塵拂面來，無人不道看花回。玄都觀裏桃千樹，盡是劉郎去後栽。」又有《再遊玄都觀絕句并引》云：「余貞元（德宗）二十一年，為屯田員外郎，時此觀未有花，是歲出牧連州（三十四歲），尋貶朗州司馬（未至連州）。居十年，召至京師（憲宗元和十年，四十四歲）。人人皆言有道士手植仙桃，滿觀如紅霞，遂有前篇，以志一時之事。旋又出牧【為播州刺史（貴州遵義），改連州。】。今十有四年（文宗太和二年五十七歲），復為主客郎中。重遊玄都，蕩然無復一樹，唯有兔葵燕麥，【《爾雅・釋艸》：「莃，菟葵。」郭璞注：「頗似葵而小，葉狀如藜，有毛，汋啖之滑。」又《釋艸》：「蘥、雀麥。」郭注：「即燕麥也。」宋邢昺疏：「蘥、一名雀麥，一名燕麥。《本草》云：『生故墟野林下，苗似小麥而弱，實似穬麥（大麥之一種）而細，在處亦有之。』是也。」】動搖於春風耳。因再題二十八字，以俟後遊。時太和（文宗）二年三月（五十七歲）。」其詩云：「百畝中庭半是苔，桃花靜盡菜花開。種桃道士知何處？前度劉郎今又來。」劉郎有數說，此則夢得自謂也。李賀《金銅仙人辭漢歌》起云：「茂陵劉郎秋風客，夜聞馬嘶曉無迹」，此指漢武帝劉徹也。（班固《漢武帝內傳》西王母曰：「劉徹好道，適來視之，見徹了了，似可成進；然形慢神穢，……語之至道，殆恐非仙才。」）先生此詩第三句，即借用長吉意，又先生《出都》七律五六云：「神仙不到秋風客，富貴空悲春夢婆。」神仙句，亦用此事也。又《紹興府志》：「劉晨、阮肇（東漢人），剡人。永平（明帝）中，入天台山採藥，經十三日不得返，採山上桃食之。下山以杯取水，見蕪菁葉流下甚鮮，復有胡麻飯一杯流下，二人相謂曰：『去人不遠矣。』乃渡水，又過一山，見二女，容顏妙絕，呼晨、肇姓名，問『郎來何晚也？』因相款待，行酒作樂。被留半年，求歸，至家，子孫已七世矣。太康（晉武帝）八年，又失二人所在。」晚唐許渾《曉過鬱林寺戲呈李明府》五律結句：「若指求仙路，劉郎學阮郎。」又晚唐曹唐《劉阮洞中遇仙子》七律結云：「願得花間有人出，免令仙犬吠劉郎。」又《洞中仙子有懷劉阮》七律結云：「曉露風燈零落盡，此生無處訪劉郎。」又先生《無題》七絕二首之二末云：「死恨天台老劉、阮，人間何戀卻歸來。」皆用劉晨事。又有指劉備者，辛棄疾《水龍吟》詞「求田問舍，怕應羞見，劉郎才氣」是也。

《新唐書・劉禹錫傳》：「字夢得，自言系出中山，世為儒，擢進士第，登博學宏詞科，工文章。……時王叔文得幸太子，禹錫以名重一時，與之交，叔文每稱有宰相器。太子即位（順宗），朝廷大議，秘策多出叔文。引禹錫及柳宗元與議禁中，所言必從，擢屯田員外郎。……憲宗立，（順宗在位僅八月，以病重，即傳位太子，是為憲宗，明年正月且崩矣。）叔文等敗，禹錫貶連州刺史，未至，斥朗州司馬。……久之召還，宰相欲任南省郎（時張弘靖、韋貫之同平章事），而禹錫作《玄都觀看花君子詩》，語譏忿，當路者不喜，出為播州（貴州遵義）刺史……易連州，又徙夔州刺史。……由和州刺史入為主客郎中，復作《遊玄都詩》，且言：『始謫十年，還京師，道士植桃，其盛若霞；又十四年過之，無復一存，唯兔葵燕麥動搖春風耳。』以詆權近。……遷太子賓客。……禹錫恃才而廢，褊心不能無怨望，年益晏，偃蹇寡所合；乃以文章自適，素善詩，晚節尤精，與白居易酬復頗多；居易以詩自名者，嘗推為『詩豪』。又言『其詩在處，應有神物護持。』」

【白居易《劉白詩集解》云：「彭城劉夢得，詩豪者也。其鋒森然，少敢當者；予不量力，往往犯之。夫合應者聲同，交爭者力敵，一往一復，欲罷不能。……夢得夢得，文之神妙，莫先於詩，若妙與神，則吾豈敢！如夢得云：『雪裏高山頭早白，海中仙果子生遲。』（《蘇州白舍人寄新詩，有歎早白無兒之句，因以贈之》七律三四）『沈舟側畔千帆過，病樹前頭萬木春』（《酬樂天揚州初逢席上見贈》七律五六）之句之類，真謂神妙。在在處處，應當有靈物護之，豈唯兩家子侄秘藏而已」。】會昌時（武宗），加檢校禮部尚書卒，年七十二，贈戶部尚書。」晚唐孟棨《本事詩・事感》：「劉尚書自屯田員外左遷朗州司馬，凡十年始徵還。方春，作《贈看花諸君子詩》曰：『……』其詩一出，傳於都下，有素嫉其名者，白於執政，又誣其有怨憤。他日見時宰（張弘靖、韋貫之），與坐，慰問甚厚，既辭，即曰：『近者新詩，未免為累，奈何！』不數日，出為連州刺史。……」明瞿佑《歸田詩話》卷上《夢得多感慨》條云：「劉夢得初自嶺外召還，賦《看花詩》云：『玄都觀裏桃千樹，盡是劉郎去後栽』，以是再黜。久之，又賦詩云：『種桃道士知何處？前度劉郎今又來』，譏刺併及君上矣（實譏宰相耳）。晚始得還，同輩零落殆盡，有詩云：『昔年意氣壓羣英，幾度朝回一字行，二十年來零落盡，兩人相遇洛陽城。』（《洛中逢韓七中丞之吳興口號》五首之一。「壓」，集中作「結」。「二十年來」作「海北天南」。「遇」作「見」。）又云：『休唱貞元供奉曲，當時朝士已無多。』（《聽舊宮中樂人穆氏唱歌》七絕結句）又云：『舊人惟有何戡在，更與殷勤唱渭城。』（《與歌者何戡》七絕結句。）蓋自德宗後，歷順、憲、穆、敬、文、武、宣凡八朝，暮年與裴（度）、白（居易）優遊綠野堂，有『在人稱晚達，於樹比冬青』之句（《贈樂天》五律三四，本集「稱」作「雖」，「比」作「似」。）又云：『莫道桑榆晚，為霞尚滿天。』（《酬樂天詠老見示》五排結句）其英邁之氣，老而不衰如此！」

陳師道《後山詩話》：「蘇詩始學劉禹錫，故多怨刺，學不可不慎也。」（此論未的。孔子曰：「詩，可以興，可以觀，可以羣，可以怨。」劉賓客、蘇東坡皆怨而未至於怒者。）宋朱弁《曲洧舊文》卷九：「或曰：『東坡詩，始學劉夢得，不識此論誠然乎哉？』予應之曰：「予建中靖國間（徽宗）在參寥座（宋釋道潛，號參寥子，住杭州智果寺，與東坡、少游善，坡稱其詩無一點蔬筍氣。）見宗子士暕（音柬）以此問參寥，參寥曰：『此陳無已之論也。東坡天才，無施不可，而少也實嗜夢得詩，故造詞遣言，峻峙淵深，時有夢得波峭；然無已此論，施於黃州以前可也；坡自元豐末還朝後，出入李、杜，則夢得已有奔逸絕塵之歎矣。（《莊子·田子方》：「顏淵問於仲尼曰：夫子步亦步，夫子趨亦趨，夫子馳亦馳；夫子奔軼絕塵，而回瞠若乎後矣。」）無已近來，得渡嶺越海篇章，行吟坐咏，不絕舌吻，常云：『此老深入少陵堂奧，他人何可及！』其心悅誠服如此，則豈復昔日之論乎！」予聞參寥之說三十餘年矣，不因吾子，無由發也，』」宋鞏豐《後耳目志》：「東坡平生，詩學劉夢得，書學徐季海（名浩，中唐人，精草隸。）；晚年妙處，乃不減李、杜、顏、楊（名庭，武后時人，楷法特妙，為時輩所重。）。」宋劉克莊《後村詩話·前集》：「……世傳坡詩始學夢得，觀此二詩，信然。（前舉夢得《莫猺蠻子詩》五古二首。）」明楊慎《升庵詩話》卷十二：「元和以後，詩人之全集，可觀者數家，當以劉禹錫為第一。」姚鼐《今體詩鈔·序目》：「東坡天才，有不可思議處，其七律只用夢得、香山格調，其妙處豈劉、白所能望哉！」宋張戒《歲寒堂詩話》卷上：「蘇子瞻學劉夢得、學白樂天。」蘇子由晚年勸人多讀劉賓客詩，蓋坡公亦所自出也。（宋胡仔《苕溪漁隱叢話·前集》卷二十及魏慶之《詩人玉屑》卷十五引呂本中《呂氏童蒙訓》：「蘇子由晚年多令人學劉禹錫詩，以為用意深遠，有曲折處。」）明陸時雍《詩鏡總論》：「劉夢得七言絕，柳子厚五言古，俱深於哀怨，謂《騷》之餘派可。劉婉多風，柳直傷致，世稱韋、柳，則以本色見長耳。」沈德潛《唐詩別裁》卷十五云：「大歷（代宗）後詩，夢得高於文房（劉長卿），與白傅唱和，故稱劉、白，實劉以風格勝，白以近情勝，各自成家，不相肖也。」

其二十六云：

「金入洪鑪不厭頻，精真那計（一作許，許字是。）受纖塵！蘇門果有忠臣在，肯放坡詩百態新？」【注一】

【注一】此論坡詩也。遺山詩雖亦出蘇長公，然嫌其精鍊不足，且時或有駁雜也。金入洪鑪不厭頻：喻詩貴鍛鍊，愈鍊乃愈工，嫌坡詩得之太易也。精真那許受纖塵：謂佳製應無疵累，要須使人無懈可擊也。東坡《龍尾硯歌》云：「蘇子亦是支離人，麤言細語都不擇。」雖謙辭，亦實錄也。然云：「新詩如洗出，不受外垢蒙。」（《僧惠勤初罷僧職》五古）則詩不許受塵污，坡非不知；特才太大，書卷太富，觸感又多，拈筆即書，故不免耳。查慎行《初白葊詩評》云：「蘇門諸君，無一人能繼嫡派者，才有所限，不可強耳。」此說失之。末二句意，謂蘇門果真有忠臣，能諫諍，則不肯任令坡詩百態紛如，陸離光怪也。百態新，猶東坡自謂「天公變化誰得知，我亦兒嬉作小詩」也。（《蠟樓一首贈趙景貺》七古）昌黎云：「人聲之精者為言，文辭（指詩）之於言，又其精也。」（《送孟東野序》）詩安可以兒嬉作乎？陳師道《後山詩話》云：「詩欲其好，則不能好矣……蘇子瞻以新。……」此又遺山「百態新」意之所本也。又歐陽修《去思堂會飲得春字》七律起云：「世事紛紛百態新，西岡一醉十三春。」《後漢書・何進傳》：「主簿陳琳入諫曰：『……此猶鼓洪爐燎毛髮耳。』」晚唐皮日休《劉棗強碑》文：「（自）李太白百歲，有是業者，雕金篆玉，牢奇籠怪，百鍛為字，千鍊成句，雖不追躅太白，亦後來之佳作也。」歐陽修《六一詩話》：「唐之晚年，詩人無復李、杜豪放之格；然亦務以精意相高。如周朴者，構思尤艱，每有所得，必極其雕琢，故時人稱朴詩『月鍛季鍊，未及成篇，已播人口』。其名重當時如此，而今不復傳矣。」《老子》：「窈兮冥兮，其中有精，其精甚真。」顏延年《庭誥》：「是以古人慎所處，唯夫金真玉粹者，乃能盡而不污爾。」《傳燈錄》卷八：「金剛般若性，外絕一纖塵。」

翁方綱《石洲詩話》卷七：「此章收足論蘇詩之旨（指奇外無奇一首），即蘇詩『始知真放本精微』也。【《子由新修汝州龍興寺吳（道子）畫壁》七古：「細觀手面分轉側，妙算毫釐得天契。始知真放本精微，不比狂花生客慧。」】百態新者，即前章更出奇也。（此解未是。東坡於哲宗元祐二年五十二歲，官翰林學士時，有《次韻曾子開（名肇）從駕二首・再和二首》七律之一後四句云：「衰年壯觀空驚目，險韻清詩苦鬥新，最後數篇君莫厭，擣殘椒桂有餘辛。」乃始是清新奇逸；若遺山之「百態新」，是指其前作之捉筆揮毫，變故多態，得之易而未甚鍊也。）蘇門忠臣云者，非遺山以繼蘇自命也，又非指秦、晁諸君子也。」（正是指蘇門諸學士，覃谿酷愛坡翁，及其屋烏，而曲為之掩，甚無謂。）遺山《東坡詩雅引》（原有《東坡詩雅》三卷，亡，僅存此引，引猶序也。）云：「五言以來，六朝之謝、陶，唐之陳子昂、韋應物、柳子厚，最為近《風》《雅》，自餘多以雜體為之。詩之亡久矣，雜體愈備，則去《風》《雅》愈遠，其理然也。近世蘇子瞻，絕愛陶、柳二家，極其詩之所至，誠亦陶、柳之亞；然評者尚以其能似陶、柳，而不能不為風俗所移，為可恨耳。夫詩至於子瞻，而且有不能近古之恨，後人無望矣，乃作《東坡詩雅目錄》一篇。正大己丑（金哀宗正大六年，先生年四十。）河南元某書於內鄉劉鄧州光父之東齋。」遺山於坡詩，惟取五言三卷，則於其餘者，殆以為有善有未善，百態雜陳，紛然不能盡錄矣。又遺山為楊飛卿作《陶然集詩序》云：「『毫髮無遺恨』。（老杜《敬贈鄭諫議十韻》五排：「思飄雲物動，律中鬼神驚。毫髮無遺恨，波瀾獨老成。」）『老去漸於詩律細。』（《遣悶戲呈路十九曹長》七律五六：「晚節漸於詩律細，誰家數去酒杯寬？」）『佳句法如何？』（《寄高三十五書記》五律三四：「美名人不及，佳句法如何？」）『新詩改罷自長吟。』（《解悶》七絕十二首之七結句：「陶冶性靈存底物，新詩改罷自長吟。」）『語不驚人死不休』（《江上值水如海勢聊短述》七律起句：「為人性僻耽佳句，語不驚人死不休。」）。杜少陵語也……子美夔州以後，樂天香山以後，東坡海南以後，皆不煩繩削而自合，非技進於道者能之乎？」山谷《與王觀復書》：「觀杜子美到夔州後詩，韓退之自潮州還朝後文章，皆不煩繩削而自合矣。」《莊子・養生主》篇：「臣之所好者道也，進乎技矣。」則遺山蓋以為東坡海南以後詩始了無疵病也。宋沈括《夢溪筆談》卷十四《藝文一》：「詩人以詩主人物，故雖小詩，莫不埏蹂極工而後已。所謂旬鍛月鍊者，信非虛言。」又云：「小律詩，雖末技，工之不造微，不足以名家。故唐人皆盡一生之業為之，至於字字皆鍊，得之甚難；但患觀者滅裂，則不見其工。故不唯為之難，知音亦鮮。」山谷《答秦少章帖》云：「作文字不必多，每作一篇，要商榷精盡，檢閱不厭勤耳。」陳師道《後山詩話》云：「蘇詩……晚學太白，至得其意，則似之矣；然失於粗，以其得之易也。」胡仔《苕溪漁隱叢話・後集》卷三十：「呂丞相（大防）《跋杜子美年譜》云：『考其筆力，少而銳，壯而肆，老而嚴，非妙于文章，不足以至此。』予觀東坡自南遷以後詩，全類子美夔州以後詩，正所謂老而嚴者也。（此與遺山同論）子由云：『東坡謫居儋耳，獨喜為詩，精鍊華妙，不見老人衰憊之氣。』（為東坡作《和陶淵明詩引》）魯直亦云：『東坡嶺外文字，讀之使人耳目聰明，如清風自外來也。』（《與李端叔書》）：「老來懶作文，但傳得東坡及少游嶺外文，時一微吟，清風颯然，顧同味者難得耳。」又《與歐陽元老書》：「寄示東坡嶺外文字，今日方暇，徧讀，使人耳目聰明，如清風自外來也。」）觀二公之言如此，則余非過論矣。」魏慶之《詩人玉屑》卷八《鍛煉》引《唐子西語錄》云：「詩，最難事也。吾於他文不至蹇澀，惟作詩甚苦。悲吟累日，僅能成篇，初讀時未見可羞處，姑置之；明日取讀，瑕疵百出，輒復悲吟累日，反復改正，比之前時，稍稍有加焉；復數日取出讀之，疵病復出；凡如此數四，方敢示人，然終不能奇。李賀母責賀曰：『是兒必欲嘔出心乃已！』（見李商隱《李賀小傳》）

非過論也。今之君子，動輒千百言，畧不經意，真可責哉！」又引云：「詩在與人商論，求其疵而去之，等閑一字放過不可，殆近法家，難以言恕矣，故謂之詩律。」又引呂本中《呂氏童蒙訓》云：「老杜云：『新詩改罷自長吟』，文字頻改，工夫自出。近世歐公作文，先貼於壁，時加竄定，有終篇不留一字者。魯直長年多改定前作，此可見大畧。」宋吳可《藏海詩話》：「東坡詩不無精粗，當汰之。葉集之云：『不可。於其不齊不整中時見妙處為佳』」。劉克莊《後村詩話・前集》云：「坡詩畧如昌黎，有汗漫者，有典嚴者，有麗縟者，有簡澹者。翕張開闔，千變萬態，蓋自以其氣魄力量為之，然非本色也；他人無許大氣魄力量，恐不可學。和陶之作，如『海東青』（鷙鳥），西極為一瞬千里，了不為韻束縛」。金王若虛《滹南詩話》卷二：「東坡，文中龍也。理妙萬物，氣吞九州，縱橫奔放，若遊戲然，莫可測其端倪。魯直區區持斤斧準繩之説，隨其後而與之爭，至謂未知句法（山谷必無是言。王滹南過貶山谷之論，亦未足信。）；東坡而未知句法，世豈復有詩人！而渠所謂法者，果安在哉？」（山谷句法，滹南乃不知耶？）又卷三云：「詩人之語，詭譎寄意，固無不可；然至于太過，亦其病也。」（此數語是。以下譏評山谷者應刪。）明李東陽《麓堂詩話》：「文章如精金美玉，經百鍊，歷萬選而後見。」清吳景旭《歷代詩話》卷六十四壬集《女郎詩》條：「元遺山論詩……『蘇門果有忠臣在，肯放坡詩百態新』，惜其肆筆成章，不受鑪冶也。」沈德潛《説詩晬語》卷下：「詩不可不造句，江中、日早、殘冬、立春，亦尋常意思，而王灣云：『海日生殘夜，江春入舊年。』（《次北固山下》五律五六）一經錘鍊，便成警絕，宜張曲江懸以示人。」（張曲江應是張燕公説，與灣皆洛陽人。唐殷璠《河嶽英靈集》卷下：「灣，詞翰早著，為天下所稱最者，不過一二，遊吳中，作《江南意》詩云：『海日生殘夜，江春入舊年。』詩人以來，少有此句，張燕公手題政事堂，每示能文，令為楷式。」）紀昀批東坡《讀孟郊詩》云：「東坡以雄視百代之才，而往往傷率、傷慢、傷放、傷露者，正坐不肯為郊、島一番苦吟工夫耳。」施閏章《蠖齋詩話》：「坡公謂浩然詩，韻高才短，嫌其少料。評孟良是，然坡詩正患多料耳。」趙翼《甌北詩話》卷五：「坡詩有云：『清詩要鍛鍊，方得鉛中銀。』【方，本集作乃，題云：「崔文學甲攜文見過，蕭然有出塵之姿，問之，則孫介夫之甥也，故復用前韻賦一篇，示（孫）志舉。」五古】然坡詩實不以鍛鍊為工，其妙處在乎心地空明，自然流出，一似全不著力，而自然沁入心脾，此其獨絕也。」又云：「坡詩放筆快意，一瀉千里，不甚鍛鍊。」又云：「元遺山《論詩》云：『蘇門若有功臣在，肯放公詩百態新？』此言似是而實非也。（甌北未會遺山本意，誤解新字，此不記前二句之過也。）新豈易言？意未經人說過則新，書未經人用過則新；詩家之能新，正以此耳。……」方東樹《昭昧詹言》卷一：「東坡橫截古今，使後人不知有古，其不可及在此；然遂開後人作滑俗詩，不復求古，亦在此。」又云：「東坡下筆擺脫一切，空諸依傍，直是前無古人，後無來者，所以能為一大宗；然滑易之病，末流不可處，故今須以韓（昌黎）、黃（山谷）藥之。」此論良是。又卷十云：「詩文句意忌巧，東坡時失之此，遂開俗人。故作者寧樸無巧；至於凡近、習俗、庸熟、不足議矣。要之惟學山谷，能已諸病；故陳後山雖僅得其清鍊沈健，洗剝渺寂之一體，而終勝冶態、凡響、近境（卑近）者也。」又卷二十論蘇、黃云：「東坡只用長慶體，（中唐穆宗時元、白體也。此專指坡詩學白言，微之不與也；然東坡《祭子玉文》云：『元輕白俗，郊寒島瘦』，則豈篤學樂天者哉！）格不必高，而自以真骨面目與天下相見，隨意吐屬，自然高妙，奇氣峍兀，情景湧見，如在目前，此豈樂天平敘淺易可及？舉輞川（王維）之聲色華妙，東川（李頎）之章法往復，義山之藻飾琢鍊，山谷之有意兀傲，皆一舉而空之，絕無依傍；故是古今奇才無兩，自別為一種筆墨，脫盡蹊徑之外。彼世之凡才陋士，腹儉情鄙，率以其澹易卑熟淺近之語，侈然自命為吾學蘇也，而蘇遂流毒天下矣，政與太白同一為人受過；然其才大學富，用筆奔湊，亦開俗人流易滑輕之病。」

遺山詩學，於古無所不窺，而於杜、韓、蘇、黃（尤其杜、蘇，撰有《杜詩學》一卷，《東坡詩雅》三卷可證。），所得尤多，斷無入室操戈，抨擊東坡之理。第二十二首「滄海橫流」者，喻蘇、黃風靡天下，無能更出一頭者耳；此謂「坡詩百態新」者，謂其得之太易，有時精鍊或不足也。朱子曰：「其辭若有憾焉，其實乃深喜之」，斯其意矣。後人遂以為遺山不滿蘇詩，非是。翁方綱《書遺山集後》云：「程學盛南蘇學北。」【此本於王漁洋《古詩選·七言詩凡例》，見下。宋王闢之《澠水燕談錄》卷七《歌詠》：「張芸叟（名舜民）奉使大遼，宿州館中，有題子瞻《老人行》於壁者；聞範陽書肆，亦刻子瞻詩數十篇，謂《大蘇小集》。子瞻才名重當代，外至夷虜，亦愛服如此。芸叟題其後曰：『誰題佳句到幽都？逢着胡兒問大蘇。』」】又《齋中與友論詩》云：「蘇學盛於北，遺山景行仰。」又《讀元遺山詩》云：「遺山接眉山，浩乎海波瀾，効忠蘇門後，此意豈易言。」是矣。周壽昌（道光進士）《思益堂日札》卷六云：「遺山論詩：『蘇門若有忠臣在，肯放坡詩百態新？』又云：『只知詩到蘇、黃盡，滄海橫流卻是誰？』

是遺山於蘇詩，頗存刺謬之意（此畧誤會）。然案遺山《洛陽》詩云：『城頭大匠論蒸土，地底中郎待摸金。』【《晉書・載記》三十《赫連勃勃傳》：「（晉安帝）義熙二年，僭稱天王大單于，……國稱大夏。……以叱干阿利領將作大匠，……營起都城，……阿利性尤工巧，然殘忍刻暴；乃蒸土築城，錐入一寸（作輒如石，幾使堅不可入。），即殺作者而併築之。勃勃以為忠，故委以營繕之任。」陳琳《為袁紹檄豫州文》云：「（曹）操又特置發丘中郎將，摸金校尉，所過隳突，無骸不露。」摸金原是校尉，非中郎，誤記始自東坡。】查初白云：『摸金校尉，非中郎也，東坡誤用，先生仍而不改。』【東坡「……與吳正字、王戶曹……遊聖女山，山有石室，如墓而無棺槨，或云宋司馬桓魋（欲殺孔子者）墓，二子有詩，次其韻二首」七律之二第五六云：「縱令司馬能鑱石，奈有中郎解摸金。」（《禮・檀弓上》：「子游曰：……昔者夫子居於宋，見桓司馬自為石槨，三年而不成，夫子曰：『若是其靡也，死不如速朽之愈也。』死之欲速朽，為桓司馬言之也。」宋嚴有翼《藝苑雌黃》云：「東坡詩以校尉為中郎，誤。」】夫遺山用典，尚承東坡之誤，謂非服習坡詩有素者乎？」潘德輿（道光舉人）《養一齋詩話》云：「翁氏（方綱）偏愛蘇詩（有《蘇詩補注》八卷），以遺山《論詩絕句》中攻蘇之作（實非攻擊），亦傅會為愛蘇之論。」又云：「……遺山貶蘇如此，而石洲猶以為程學盛於南，蘇學盛於北，屢屢舉此語以教人，古人有知，豈不為遺山所笑！」然其《論遺山詩》七絕卻云：「評論正體齊、梁上，慷慨歌謠字字遒。新態無端學坡、谷，未須滄海說橫流。」則又於遺山詩與翁氏齊觀矣。清高宗《唐宋詩醇》卷三十二云：「詩自杜、韓以後……未有能驂駕杜、韓，卓然自成一家，而雄視百代者，必也其蘇軾乎。……洵乎獨立千古，非一代一人之詩也。……但其詩氣豪體大，有非後哲所易學步者，是以元好問《論詩》有云：『只知詩到蘇、黃盡，滄海橫流卻是誰？』又云：『蘇門果有忠臣在，肯放坡詩百態新？』蓋非用此為譏議，乃正以見其不可摹擬耳。」此論甚是，差得遺山意矣。

蘇門宋吳曾《能改齋漫錄》（宋胡仔《苕溪漁隱叢話・後集》、宋魏慶之《詩人玉屑》及宋阮閱《詩話總龜・後集》皆引作《復齋漫錄》，蓋宋高宗紹興間於此書成後未幾即禁毀，故變易其名耳。今施國祁注鈔《漁隱叢話・後集》卷三十一，不據所本，但云《復齋漫錄》，疏矣。）卷十一《記詩・四客各有所長》條云：「子瞻、子由門下客最知名者，黃魯直（庭堅）、張文潛（耒）、晁無咎（補之）、秦少游（觀），世謂之四學士。至若陳無己（師道），文行雖高，以晚出東坡門，故不若四人之著（後山初出曾南豐門）。故陳無己《佛指記》云：『余以辭義，名次四君，而貧於一代』是也。晁無咎詩云：『黃子似淵明，城市亦復真。陳君有道舉，化行閭井淳。張侯公瑾流，英思春泉新。高才更難及，淮海一髯秦。』當時以東坡為長公，子由為少公。陳無己《答李端叔》云：『蘇公之門，有客四人，黃魯直、秦少游、晁無咎，則長公之客也；張文潛，則少公之客也。』（《宋史・文苑傳》：「張耒……遊學於陳，學官蘇轍愛之，因得從軾遊，軾亦深知之。」）又《次韻黃樓詩》云：『一代蘇長公，四海名未已。』又云：『少公作長句，班、揚安可擬。』謂二蘇也。然四客各有所長，魯直長於《詩》《辭》，秦、晁長於議論。魯直《與秦少章（觀弟覿）書》曰：『庭堅心醉于《詩》與《楚辭》，似若有得；至于議論文字，今日乃當付之少游及晁、張、無己，足下可從此四君子一一問之。』其後張文潛《贈李德載詩》亦云：『長公波濤萬頃海，少公峭拔千尋麓。黃郎蕭蕭日下鶴，陳子峭峭霜中竹；秦文倩麗若桃李，晁論崢嶸走珠玉。』乃知人才各有所長，雖蘇門不能兼全也。」清宋犖《漫堂說詩》：「神宗時，蘇軾、黃庭堅，謂之蘇、黃。又黃與晁補之、張耒、陳師道、秦觀、李廌，稱蘇門六君子。」

其二十七云：

「百年纔覺古風迴，元祐諸人次第來。【注一】諱學金陵猶有說，竟將何罪廢歐梅」。【注二】

【注一】此論北宋詩至哲宗元祐間蘇、黃諸公然後直追古之作者；然有本有源，開蘇、黃者，實歐陽公、梅宛陵、王半山也；半山以變法誤蒼生，後學以人廢言，諱學之，猶有說也；何至並歐、梅亦不學而惟蘇、黃是尚乎？遺山此篇非貶東坡、山谷，但欲學人廓開心眼，毋棄歐、梅、半山等耳。元祐，宋哲宗年號，時宣仁太皇太后聽政，盡廢新法，王安石卒於元祐元年四月，歐陽修前十四年卒（神宗熙寧五年），梅堯臣又前十二年卒（仁宗嘉祐五年），元祐諸人，是指東坡、山谷、後山等，歐、梅固無與，即半山亦不在其列也。宋嚴羽《滄浪詩話・詩體》有「元祐體」，自注云：「蘇、黃、陳諸公。」是也。東坡「金山寺中見李西臺（李建中也，北宋初人，為西臺御史。）與二錢（自注：「惟演、易。」）唱和四絕句，戲用其韻跋之」之四云：「五季（五代）文章墮劫灰，升平格力未全回。故知前輩（北宋初諸詩人）宗徐、庾，數首風流到玉臺。」（徐陵有《玉臺新詠》十卷，所選錄皆自漢至梁之艷詩，蓋簡文帝少作如是，晚悔之，欲變而不能，故命陵成此書以張大其體也。）　自宋太祖建隆元年至哲宗元祐元年，為一百二十六年，至仁宗慶曆八年蘇舜欽卒時，為八十九年；變宋初《玉臺》《西崑》綺艷之作，實自蘇、梅、歐公始，至半山而益盛，至蘇、黃而盡變，於是五季靡靡之音，摧陷廓清無遺矣。《滄浪詩話・詩辯》云：「國初之詩，尚沿襲唐人，王黃州（王禹偁，字元之，宋太宗太平興國八年進士，至道（太宗）元年為翰林學士，後出知黃州，有《小畜集》，清初呂留良、吳之振等之《宋詩鈔》以之冠首，實開歐公，但其流未暢耳。）學白樂天，楊文公（億）、劉中山（筠），學李商隱（號「西崑體」，見前。），盛文肅（名度，字公量，真宗稱其博學，仁宗時，官至參知政事，謚文肅。）學韋蘇州，歐陽公學韓退之古詩，梅聖俞學唐人平淡處，至東坡、山谷，始自出己意以為詩，唐人之風變矣。」王安石於仁宗慶曆三年八月作《張刑部詩序》云：「刑部張君詩若干篇，明而不華，喜諷道而不刻切，其唐人善詩者之徒歟？君並楊（億）、劉（筠），楊、劉以其文詞染當世，學者迷其端原，靡靡然窮日力以摹之，粉墨青朱，顛錯叢厖，無文章黼黻之序，其屬情藉事，不可考據也。方此時，自守不污者少矣；君詩獨不然，其自守不污者耶？」此鄙薄楊、劉之敷抹朱墨及用僻典者也。　東坡《歐陽晦夫（名闢，與弟簡同學詩於梅聖俞。）遺接羅琴枕戲作此詩謝之》七古結句云：「作詩頗似六一語，往往亦帶梅翁酸。」此東坡自謂似歐、梅也。山谷於元祐五年正月《跋梅聖俞贈歐陽晦夫詩》：「余三十年前，欽慕聖俞詩句之高妙，未及識面，而聖俞下世。（聖俞之內姪謝景初師厚是山谷岳丈。聖俞卒於仁宗嘉祐五年，山谷年只十六。）二十年前，官於汝州葉縣，聞歐陽君學詩於聖俞，……元祐己巳，庚午（四年、五年。），乃見歐陽君於京師，其人長鬚，眉目深沈，宜在丘壑中也（謂是隱居者流）。用聖俞之律（法度），作詩數千篇；今世已不尚，而晦夫自信確然。」此見山谷自幼已慕梅詩，然至元祐時，世已不尚，無待南宋時矣。宋胡仔《苕溪漁隱叢話・前集》卷四十九：「元祐文章，世稱蘇、黃。」宋朱弁《曲洧舊聞》卷八：「東坡詩文，落筆輒為人所傳誦，每一篇到，歐陽公為終日喜，前輩類如此。一日，與棐（歐公次子，字叔弼。）論文及坡，公歎曰：『汝記吾言，三十年後，世上人更不道著我也。』崇寧、大觀（徽宗間，海外詩（坡貶嶺南後作）盛行，後生不復有言歐公者。是時朝廷雖嘗禁止，賞錢增至八十萬。禁愈嚴而傳愈多，往往以多相誇，士大夫不能誦坡詩，便自覺氣索，而人或謂之不韻。」此見歐公詩在北宋末亦且不行，況宛陵乎！宋曾季貍《艇齋詩話》：「東萊（呂本中）《江西詩派序》，所論本朝古文，始於穆伯長（名修，真宗大中祥符間賜進士出身，以古文稱，蘇舜欽兄弟多從之遊，歐陽公尤稱之。），成於歐陽公，此論誠當；但論詩不及梅聖俞，似可恨也。詩之有聖俞，猶文之有穆伯長也。」宋劉克莊《江西詩派小序》：「國初詩人，如潘閬、魏野，規規晚唐格調，寸步不敢走作；楊、劉則又專為『崑體』，故優人有撏扯義山之誚（見上），蘇（舜欽）、梅（堯臣）二子，稍變以平淡豪俊，而和之者尚寡。至六一、坡公，巍然為大家數，學者宗焉。」清顧嗣立《寒廳詩話》引宋、元間方回《桐江集》論宋詩源流曰：「宋剗五代舊習，詩有……數十家，深涵茂育，氣極勢盛。歐陽公出焉，一變為李太白、韓昌黎之詩；蘇子美舜欽二難，相為頡頏；梅聖俞堯臣，則唐體之出類者也。晚唐於是退舍。蘇長公軾，踵歐陽公而起；王半山安石，備眾體，精絕句，五言或三謝。獨黃雙井（山谷所居）庭堅，專尚少陵，秦觀、晁補之莫窺其藩；張文潛耒，自然有唐風，別成一宗，唯呂居仁本中克肖；陳後山師道棄所學，學雙井，黃致廣大，陳極精微，天下詩人北面矣。

清王士禎《古詩選・七言詩凡例》云：「宋承唐季衰陋之後，至歐陽文忠公始拔流俗，七言長句，高處直追昌黎。……兗公（歐陽修也。哲宗紹聖三年五月追封兗國公。）之後，學杜、韓者，王文公（安石）為巨擘，七言長句，蓋歐陽公後勁，蘇、黃前茅；特其妙處，微不逮數公耳。……歐陽公見蘇文忠公，自謂老夫當放此人出一頭地（已見前。又東坡《送鼂美叔發運右司年兄赴闕》七古「醉翁遣我從子游，翁如退之蹈軻、邱，尚欲放子出一頭」下，自注云：「嘉祐初，與子由寓興國浴室，美叔忽見訪，云：吾從歐陽公遊久矣，公令我來與子定交，謂子必名世，老夫亦須放他出一頭地。」），蓋非獨古文也，唯詩亦然。文忠公七言長句之妙，自子美退之之後，一人而已。……元祐文章之盛，推蘇門六君子（四君子外，加陳無己、李方叔）。黃嘗自負其詩在鼂、張之上（《山谷全書・別集》卷十一《雜著・論作詩文》：「余自謂作詩，頗有自悟處；若諸文，亦無長處可過人。予嘗對人言；作詩在東坡下，文潛、少游上；至於雜文，與無咎等耳。」），顧無咎七言佳處，頗得文忠之逸；叔用《具茨集》（晁沖之，字叔用，哲宗紹聖初，坐黨籍，超然家於河南縣北具茨山下，屢薦不起，有《具茨集》。），寥寥無多，一鱗片甲，殆高出無咎之上。」沈德潛《說詩晬語》卷下：「宋初臺閣倡和，多宗義山，名『西崑體』。梅聖俞、蘇子美起而矯之，盡黜科臼，蹈厲發揚；才力體制，非不高於前人，而淵涵渟滀之趣，無復存矣。歐陽修七言古，專學昌黎，然意言之外，猶存餘地。王介甫才力頗張，而意味較薄。……蘇子瞻胸有洪爐，……韓文公後又闢一境界也。」翁方綱《石洲詩話》卷七：「此『迴』字，即坡公詩『昇平格力未全迴』之『迴』字，是遺山力爭上游處也。」（漁洋《古詩選・七言詩凡例》：「南渡以後，程學盛於南，蘇學盛於北；金、元之間，元裕之其職志也。七言妙處，或追東坡而軼放翁。」又沈氏《說詩晬語》卷下：「元裕之……又東坡後一能手也。」）

【注二】諱學金陵，王安石本江西臨川人，後辭相位居金陵，亦號半山老人。宋葛立方《韻語陽秋》卷十八云：「張芸叟（舜民）有荊公哀詞四首，有『慟哭一聲惟有弟，故時賓客合如何？』又云：『今日江湖從學者，人人諱道是門生。』蓋深病人情之薄也。」宋王闢之《澠水燕談錄》卷十《談謔》：「荊國王文公，以多聞博學，為世宗師，當世學者，得出其門下者自以為榮；一被稱與，往往名重天下。公之治經，尤尚解字（非許君《說文》）；末流務多新奇，浸成穿鑿。朝廷患之，詔學者兼用舊傳注，不專治新經（王安石所著《易解》十四卷、《新經書義》十三卷及《洪範傳》一卷、《新經毛詩義》

二十卷、《新經周禮義》二十二卷、《左氏解》一卷、《論語通類》一卷，今皆亡。）禁援引《字解》（《字説》二十四卷，亡。）。於是學者皆變所學，至於著書詆公之學者，且諱稱公門人，故芸叟（張舜民）為輓詞云：『今日江湖從學者，人人諱道是門生。』傳士林。」宋魏了翁《鶴山題跋》卷六：「王氏（安石）之盛也，江南學者，爭稱門生；其黜也，諱焉。」宋朱弁《曲洧舊聞》卷三：「予嘗見歐公一帖，乃答人論介甫文者，言『此人而能文，角而翼者也。』」又卷四云：「東坡《祭原父（劉敞）文》云：『大言滔天，詭論滅世。』蓋指介甫也。」觀上三則，則遺山「諱學金陵猶有説」之事勢可見矣。 廢歐梅，除見上【注一】山谷《跋梅聖俞贈歐陽晦夫詩》及《曲洧舊聞》卷八外，又宋陳振孫《直齋書錄解題》云：「聖俞為詩，古澹深遠，有盛名於時；近世少有喜者，或加毀呰。惟陸務觀重之，此可為知者道也。自世人競宗『江西』，已看不入眼，況晚唐卑格方錮之時乎！少陵尚有竊議妄論者，其於宛陵何有！」遺山云「何罪」，則以時人不兼學歐、梅為不當也。查慎行《初白菴詩評》云：「若以詩論詩，半山亦不在歐、梅下，誰能廢之？」此以今例古，豈宋、金時亦爾乎！翁方綱《石洲詩話》卷七云：「亦何嘗有人諱學金陵，亦何嘗有人欲廢歐、梅。觀此，可以得文章風會氣脈矣。」翁氏兩「何嘗」，與查初白同見，是清時如是。不可以例宋、金時人；至謂可以觀風會，差得之矣。宋孫奕《履齋示兒編》卷十六《人相反》條云：「歐陽公之文（可兼稱詩），和氣多，英氣少；蘇公之文，英氣多，和氣少。……魯直詩，到人愛處；聖俞詩，到人不愛處。」（原注：「《邵氏聞見後錄》。」蓋本之邵博。）宋南渡後，江西法席橫流，坡仙且遜，況歐、梅、半山乎！遺山之為此論，蓋不欲學人囿於一隅耳，非不滿蘇、黃也。然宋劉克莊《後村詩話・前集》云：「歐公詩如昌黎，不當以詩論。（東坡為歐公作《居士集序》云：「歐陽子論大道似韓愈，論事似陸贄，記事似司馬遷，詩賦似李白。此非予言也，天下之言也。」）本朝詩，惟宛陵為開山祖師。宛陵出，然後桑、濮（《樂記》：「桑間、濮上之音，亡國之音也。」鄭玄注：「濮水之上，地有桑間者，亡國之音，於此之水出也。」）之哇淫稍熄，《風》《雅》之氣派復續，其功不在歐、尹下。」則有識者，固未嘗廢歐、梅也。

歐、梅金陵詩：宋葉濤《重修神宗實錄・歐陽修傳》：「唐五代末流，文章（兼詩）專以聲病對偶為工，剽剝故事，雕刻破碎；甚者有若俳優之辭，如楊億、劉筠輩，其學博矣，然其文亦不能自拔於流俗，反吹波揚瀾，助其氣勢，一時慕效，謂其文為『崑體』。時韓愈文，人尚未知讀也，修始年十五六，於鄰家壁角破簏中得本，學之，……天下士皆嚮慕，為之唯恐不及，一時文字，大變從古。」歐公子發等述《事跡》云：「先公平生文字擅天下，未嘗以矜人，而樂成人之美，不掩其所長；詩筆不下梅聖俞，而嘗推之，自謂不及，然識者或謂過之。」宋葉夢得《石林詩話》卷上：「歐陽文忠公詩，始矯『崑體』，專以氣格為主，故其言多平易疎暢。律詩意所到處，雖語有不倫，亦不復問，真傾囷倒廩（見韓文），無復餘地，然公詩好處，豈專在此？如《崇徽公主手痕》（原題：「唐崇徽公主手痕、和韓內翰」七律。唐代宗大曆四年冊封僕固懷恩幼女為崇徽公主，嫁回紇。）詩：『玉顏自古為身累，肉食何人與國謀？』（第五六句）此自是兩段大議論，而抑揚曲折，發見於七字之中，婉麗雄勝，字字不失相對，雖『崑體』之工者，亦未易比。言意所會，要當如是，乃為至到。」(《朱子語類》卷百三十九《論文》上：「歐公文字鋒刃利，文字好，議論亦好，嘗有詩云：『玉顏自古為身累，肉食何人與國謀？』以詩言之，是第一等好詩；以議論言之，是第一等議論。」)又卷中云：「前輩詩文，各有平生自得意處，不過數篇，然他人未必能盡知也。毘陵正素處士張子厚善書，余嘗於其家見歐陽文忠子棐，以烏絲欄絹一軸，求子厚書文忠《明妃曲》兩篇、《廬山高》一篇（皆雜言七古。原題是《明妃曲・和王介甫作》、《再和明妃曲》、《廬山高・贈同年劉中允歸南康》)。略云：先公平日，未嘗矜大所為文，一日被酒，語棐曰：『吾《廬山高》，今人莫能為，惟李太白能之；《明妃曲》後篇，太白不能為，惟杜子美能之；至於前篇，則子美亦不能為，惟我能之也。』因欲別錄此三篇也。」又卷下云：「至和、嘉祐（仁宗）間，場屋舉子為文，尚奇澀，讀或不能成句。歐陽文忠公力革其弊，既知貢舉，凡文涉雕刻者皆黜之。時范景仁（鎮）、王禹玉（珪）、梅公儀（摯）等同事，而梅聖俞為參詳官，未引試前，唱酬詩極多，文忠：『無譁戰士銜枚勇，下筆春蠶食葉聲。』(《禮部貢院閱進士就試》七律三四）最為警策。聖俞有『萬蟻戰酣春日暖，五星明處夜堂深。』(《較藝和王禹玉內翰》七律三四，「酣」，《宛陵集》作「來」。）亦為諸公所稱。」宋胡仔《苕溪漁隱叢話・前集》卷二十九引《王直方詩話》云：「郭功父（名詳正，母夢李白而生之，少有詩名，梅聖俞一見，歎曰：「真太白後身也。」舉進士，神宗熙寧間以殿中丞致仕。）少時，喜誦文忠公詩，一日過梅聖俞曰：『近得永叔書，方作《廬山詩》，送劉同年，自以為得意。』恨未見此詩，功父為誦之，聖俞擊節歎賞曰：『使吾更作詩三十年，亦不能道其中一句。』(歐公《水谷夜行寄子美、聖俞》

五古云：「作詩三十年，視我猶後輩。」是歐、梅兩翁，實更相推重者。）功父再誦，不覺心醉，遂置酒；又再誦，酒數行，凡誦十數遍，不交一談而罷。」又卷三十引《雪浪齋日記》云：「或疑六一居士詩，以為未盡妙，以質於子和，子和曰：六一詩只欲平易耳；『西風酒旗市，细雨菊花天。』（《秋懷》五律三四）豈不佳？『晚烟寒橘柚，秋色老梧桐。』（《歐陽文忠公集》無此；是太白《秋登宣城謝朓北樓》五律五六，「晚」原作「人」。）豈不似少陵？」又《後集》卷二十三云：「歐公云：『身行南雁不到處，山與北人相對愁。』（《送道州張職方》七律三四）汪彥章（名藻，南宋初人）云：『路行歸雁不到處，家在長江欲盡頭。』彥章雖體歐公詩，然終不及歐之自在也。」又云：「歐公作詩，蓋欲自出胸臆，不肯蹈襲前人，亦其才高，故不見牽强之迹耳。」清吳之振《宋詩鈔・歐陽文忠公詩鈔》云：「其詩如昌黎，以氣格為主。昌黎時出排奡之句，文忠一歸之於敷愉，略與其文相似也。」姚鼐《今體詩鈔序目》云：「歐公詩學昌黎，故於七律不甚留意。」此論未是。歐陽公七律，除葉石林、胡元任所舉三聯外，如《寄秦州田元均》三四云：「萬馬不斷聽號令，諸蕃無事樂耕耘」《和韓學士襄州聞喜置酒》三四云：「清川萬古流不盡，白鳥雙飛意自閑。」（以上兩聯，東坡特標舉之，以為是七言之偉麗者，可與杜子美並驅而爭先。詳見拙著《蘇東坡編年詩選講疏》。）《戲答元珍》三四云：「殘雪壓枝猶有橘，凍雷驚筍欲抽芽。」《再至西都》（北宋時是洛陽）三四：「浪得浮名銷壯節，羞將白髮對青山。」《送京西提刑趙學士》五六：「春寒酒力風中醒，日暖梅香雪後清。」《初至穎州西湖，種瑞蓮黃楊，寄淮南轉運吕度支發運許主客》三四：「柳絮已將春去遠，海棠應恨我來遲。」《祈雨曉過湖上》五六：「身閑始覺時光好，春去猶餘物色妍。」《謝太傅杜相公（衍）寵示嘉篇》三四：「正身尚可清風俗，當暑何須厭鬱蒸。」《借觀五老詩次韻為謝（五老：杜衍、王渙、畢世長、朱貫、馮平。）三四：「白髮憂民雖種種，丹心許國尚桓桓。」（桓桓，威武貌。《書・牧誓》：「尚桓桓，如虎如貔，如熊如羆。」）《去思堂手植雙柳今已成陰，因而有感》中四句云：「人昔共遊今孰在？樹猶如此我何堪！【《晉書・桓温傳》：「温自江陵北伐，行經金城（在今江蘇句容縣北），見少為琅邪時（為琅邪太守）所種柳，皆已十圍，慨然曰：『木猶如此，人何以堪！』攀枝執條，泫然流涕。」】壯心無復身從老，世事都銷酒半酣。」《憶滁州幽谷》三四：「當日辛勤皆手植（指花），而今開落任春風。」《戲書》三四：「人老思家甚（甚於也）年少，身閑泥酒過春寒。」《和梅公儀嘗茶》五六：「寒侵病骨惟思睡，花落春愁未解醒。」《送王平甫（安國）下第》三四：「朝廷失士有司恥，貧賤不憂君子難。」《夜宿中書東閣》五六：「攀髯路斷三山遠（憶仁宗也，時仁宗初崩。《史記・封禪書》：「黃帝採首山銅，鑄鼎於荊山下，鼎既成，有龍垂胡髯下迎黃帝；黃帝上騎，群臣後宮從上者七十餘人，龍乃上去；餘小臣不得上，乃悉持龍髯，龍髯拔墮，墮黃帝之弓。百姓仰望黃帝既上天，乃抱其弓與胡髯號，故後世因名其處曰鼎湖，其弓曰烏號。」三山：蓬萊、方丈、瀛洲，海上三神山也。）憂國心危百箭攻。」《攝事齋宮偶書》五六：「丹心未死惟憂國，白髮盈簪盍掛冠。」《三日赴宴口占》三四：「九門寒食多遊騎，三月春陰正養花。」《蘇主簿（洵）輓歌》三四：「諸老誰能先賈誼？君王猶未識相如。」《寄題沙溪寶錫院》三四：「青林霜日換楓葉（換，一作染。），白水秋風吹稻花。」《感事》【自注：「治平（英宗）丁未（四年）六月二十六日」英宗崩於正月初八日】五六：「號弓但灑孤臣血，憂國空餘兩鬢霜。」（歐公時年六十一）《扶溝知縣周職方錄示白鶴宮蘇子翁（舜元）子美（舜欽）贈黃道士詩，并盛作三絕見索拙句，輒為四韻奉酬》中四句云：「道士不聞乘白鶴，謫仙今已掩黃泉（謂子美兄弟也），古來豪傑皆如此！誰拂塵埃為惘然？」（四句氣一貫）《曉發齊州道中》五六：「國恩未報身先老，客思無聊歲已昏。」《毬場看山》五六：「向老光陰雙轉轂，此身天地一飄蓬。」《春晴書事》三四：「晴明風月家家柳，高下樓臺處處山。」《讀易》中四句云：「飲酒橫琴銷永日，焚香讀《易》過殘春。昔賢軒冕如遺屣，世路風波偶脱身。」《答和王宣徽》三四：「有道方令萬物遂，無能擬乞一身閑。」《黃溪夜泊》三四：「萬樹蒼煙三峽暗，滿川明月一猿哀。」《送張生》五六：「老驥骨奇心尚在，青松歲久色逾新。」《舟中寄劉昉秀才》三四：「明月隨人來遠浦，青山答鼓送行舟。」《即目》三四：「晚烏藏柳棲殘照，遠燕傷風失故樓。」《曉詠》三四：「九雛烏起城將曙，百尺樓高月易低。」《暮春書事呈四舍人》五六：「少年春物今如此，老病衰翁了不知。」《酬王君玉中秋席上待月值雨》三四：「綠醅自有寒中力，紅粉尤宜燭下看。」《寄題景純學士（刁約）藏春塢新居》五六：「水浮花出人間去，山近雲從席上生。」《退居述懷寄北京（大名）韓侍中二首》其一第五六云：「一生勤苦書千卷，萬事銷磨酒百分。」其二第三四云：「無窮興味閑中得，強半光陰醉裏銷。」等等，佳篇警句，下開東坡，指數不盡，皆在宛陵、半山上，誰謂歐公不工七言律耶？清方東樹《昭昧詹言》卷一云：「太白之後，真知太白，惟有歐陽公。其言太白用筆之險曰：『迴視蜀道如平川』（《太白戲聖俞》七古：「李白落筆生雲煙，千奇萬險不可攀，卻視蜀道猶平川。」）此語可謂真能學太白矣。」又卷十二云：「學歐公作詩，全在用古文章法，如此，則小才亦有把鼻（猶把柄），塗轍可尋；及其成章，亦非俗士所能。」又云「（歐陽永叔）深人無淺意、無率意、無重複，一時窺之，總不見其底蘊，由於意、法、情俱曲折也。」又云：「歐公之妙，全在逆指順布（兩事）。慣用此法，故下筆不猶人，讀者往往迷惑；又每加以事外遠致，益令人迷。」又云：「歐公情韻幽折，往反詠唱，令人低徊欲絕，一唱三歎，而有遺音；如啖橄欖，時有餘味，但才力稍弱耳。」（湛銓案：實不弱）《宋史·文苑·梅堯臣傳》：「字聖俞，宣州宣城（漢名宛陵）人。……工為詩，以深遠古淡為意，間出奇巧，初未為人所知。……錢惟演留守西京（洛陽），特嗟賞之，為忘年交，引以酬唱，一府盡傾。歐陽修與為詩文，自以為不及。堯臣益刻厲，精思苦學，繇是知名於時。……嘗語人曰：『凡詩，意新語工，得前人所未道者，斯為善矣。必能狀難寫之景，如在目前；含不盡之意，見於言外，然後為至也。』世以為知言。……大臣屢薦宜在館閣，召試，賜進士出身，為國子監直講，累遷尚書都官員外郎，預修《唐書》，成，未奏而卒。……堯臣家貧，喜飲酒，賢士大夫多從之遊，時載酒過門。善談笑，與物無忤，詼嘲譏刺託於詩，晚益工。」歐陽修《梅聖俞詩集序》：「幼習於詩。自為童子，出語已驚其長老。既長，學乎六經仁義之說，其為文章，簡古純粹，不求苟脫於世；世之人，徒知其詩而已；然時無賢愚，語詩者必求之聖俞；聖俞亦自以其不得志者，樂於詩而發之，故其平生所作，於詩尤多。」又《梅聖俞墓誌銘》：「……聖俞詩遂行天下。其初，喜為清麗閒肆平淡，久則涵演深遠，間亦琢刻以出怪巧；然氣完力餘，益老以勁。其應於人者多，故辭非一體。至於他文章，皆可喜，非如唐諸子號詩人者僻固而狹陋也。聖俞為人，仁厚樂易，未嘗忤於物，至其窮愁感憤，有所罵譏笑謔，一發之於詩。……余嘗論其詩曰：『世謂詩人少達而多窮，蓋非詩能窮人，殆窮者而後工也。』（亦見《梅聖俞詩集序》）聖俞以為知言。」又《水谷夜行寄子美、聖俞》五古：「梅翁事清切，石齒漱寒瀨。作詩三十年，視我猶後輩。文詞愈清新，心意愈老大。譬如妖韶女，老自有餘態。近詩尤古硬，咀嚼苦難嘬（楚快切，齧也。）初如食橄欖，真味久愈在。」又《六一詩話》：「聖俞平生苦於吟詠，以閑遠古淡為意，故其構思極艱。此詩（《河豚詩》）作於樽俎之間，筆力雄贍，頃刻而成，遂為絕唱。」又云：「聖俞、子美齊名於一時，而二家詩體特異。子美筆力豪雋，以超邁橫絕為奇；聖俞覃思精微，以深遠閒淡為意。各極其長，雖善論者不能優劣也。余嘗於《水谷夜行詩》略道其一二，……語雖非工，謂粗得其彷彿，然不能優劣也。」又曰：「聖俞嘗云：詩句義理雖通，語涉淺俗而可笑，亦其病也。」又《憶山示聖俞》五古：「惟思得君詩，古健寫奇秀。」又《聖俞會飲》七古：「更吟君詩勝啖炙，杏花妍媚春酣酣。吾交豪俊天下選，誰得眾美如君兼？詩工鑱刻露天骨，時論縱橫輕玉鈐（兵書也）。」又《病中代書寄聖俞二十五兄》（長歐公五歲）七古結句：「少低筆力容我和，無使難追韻高絕。」又《秋懷二首寄聖俞》五古之二：「巉巖想詩老，瘦骨寒愈聳。詩老類秋蟲，吟秋聲百種。」又《寄聖俞》七古：「面顏憔悴暗塵土，文字光彩垂虹霓。腔腸時如秋蚓叫，苦調或作寒蟬嘶。語言雖巧身事拙，捷徑恥蹈行非迷。」又《再和聖俞見答》七古：「文章至寶被埋沒，氣象往往干雲霓。……子言古淡有真味，大羹豈須調以齏。憐我區區欲彊學，跛鼈曾不離汙泥。」又《和聖俞唐書局後叢莽中得芸香一本之作用其韻》五古：「文章高一世，論議伏羣公。多識由博學，新篇匪雕蟲。唱酬爛眾作，光輝發幽叢。在物苟有用，得時寧久窮！」又《答梅聖俞大雨見寄》五古：「梅子猶念我，寄聲憂我居。慰我以新篇，琅琅比瓊琚。」又《答梅聖俞白鸚鵡雜言》：「俾爾歸詫宛陵詩，此老詩名聞四夷。」（《六一詩話》：「西南夷人所賣蠻布弓衣，其文織成梅聖俞《春雪詩》。此詩在聖俞集中，未為絕唱；蓋其名重天下，一篇一詠，傳落夷狄，而異域之人貴重之如此耳。」）歐之於梅，猶韓之於孟，【歐公《歸田錄》卷二：「聖俞自天聖（仁宗）中，與余為詩友，余嘗贈以《蟠桃詩》，有韓、孟之戲，（《讀聖俞蟠桃詩寄子美》五古：「韓、孟於文詞，兩雄力相當，……」）故至此（仁宗嘉祐二年），梅贈余云：『猶喜共量天下士，亦勝東野亦勝韓。』」】至其推尊宛陵，較韓公之重東野為尤甚矣。宋劉攽《中山詩話》：「永叔云：『知聖俞者莫如某。然聖俞平生所自負者，皆某所不好；聖俞所卑下者，皆某所稱賞。』知心賞音之難如是！其評古人之詩，得毋似之乎？」宋魏泰《臨漢隱居詩話》：「蘇舜欽以詩得名，學書亦飄逸。然其詩以奔放豪健為主；梅堯臣亦善詩，雖乏高致，而平淡有工。世謂之蘇、梅，其實與蘇相反也。舜欽嘗自歎曰：『平生作詩，被人比梅堯臣；寫字比周越，良可歎也。』周越為尚書郎，在天聖、景祐間以書得名，輕俗不近古，無足取也。」宋許顗《許彥周詩話》：「梅聖俞詩，句句精鍊，……宜乎為歐陽文忠公所稱。其他古體，若朱弦疏越，一唱三歎，讀者當以意求之。」宋葛立方《韻語陽秋》卷一：「梅聖俞云：『作詩、須狀難寫之景於目前，含不盡之意於言外。』真名言也。觀其……狀難寫之景也；……含不盡之意也。」又云：「梅聖俞五字律詩，於對聯中十字作一意處甚多。如……不可勝舉，詩家謂之十字格，今人用此格者殊少也。」又云：「歐公一世文宗，其集中美梅聖俞者，十幾四五。稱之甚者，如『詩成希深（謝絳）擁鼻謳，師魯（尹誅）卷舌藏戈矛。』（《哭聖俞》七古）又云：『作詩三十年，視我猶後輩。』（見上）又云：『少低筆力容我和，無使難追韻高絕。』（見上）又云：『嗟哉吾豈能如子，論詩賴子能指迷。』（《再和聖俞見答》七古。「能指迷」集作「初指迷」，是。）聖俞詩佳處固多，然非歐公標榜之重，詩名亦安能至此之重哉！……張芸叟（舜民）評其詩云：『如深山道人，草衣捆屨，王公大人，見之屈膝。』」宋胡仔《苕溪漁隱叢話・後集》卷二十四：「聖俞詩工於平淡，自成一家。如《東溪》云：『野凫眠岸有閑意，老樹著花無醜枝。』《山行》云：『人家在何許？雲外一聲雞。』《春陰》云：『鳩鳴桑葉吐，村暗杏花殘。』《杜鵑》云：『月樹啼方急，山房人未眠。』似此等句，須細味之，方見其用意也。」宋劉克莊《後村詩話・後集》：「張嵲巨山評：『聖俞以詩鳴本朝，歐陽公尤推尊之。余讀之數過，不過妄肆譏評，至反覆味之，然後始判然於胸中不疑。聖俞詩長於敍事，雄健不足，而雅淡有餘；然其淡而少味，令人無一唱三歎之意。至於五言律詩特精，其句法步驟，真有大歷（唐代宗）諸公之風。』……不易之論也。」清初吳之振《宋詩鈔・宛陵詩鈔》：「在河南時，王晦叔（名曙）見而歎曰：『二百年無此作矣！』（見歐公《梅聖俞墓誌銘》）賢士大夫如溫公、東坡、介甫諸人，咸敬重之；尤與歐陽文忠公善，世比之韓、孟兩公，亦頗以自況。故貢奎詩云：『詩還二百年來作，身死三千里外官。知己若論歐永叔，退之猶自愧郊寒。』蓋言詩力也。又龔嘯云：『去浮靡之習，於「崑體」極弊之際，存古淡之道，於諸大家未起之先，此所以為梅都官（官至尚書屯田都官員外郎）詩也。』果信。」山谷《跋王荊公樓簡》：「荊公學佛，所謂『吾以為龍又無角，吾以為蛇又有足』者也。【《漢書・東方朔傳》：「上嘗使諸數家射覆，置守宮（今之鹽蛇）盂下，射之皆不能中；朔自贊曰：『臣嘗受《易》，請射之。』迺別蓍布卦而對曰：『臣以為龍又無角，謂之為蛇又有足，跂跂脈脈善緣壁，是非守宮即蜥蜴。』」然余嘗熟觀其風度，真視富貴如浮雲，不溺於財利酒色，一世之偉人也。暮年小語，雅麗精絕，脫去流俗，不可以常理待之也。」陳師道《後山詩話》：「魯直謂荊公之詩，暮年方妙；然格高而體下，如云：『似聞青秧底，復作龜兆坼。』（《寄楊德逢》五古。「似」集作「遙」）乃前人所未道。又云：『扶輿度陽燄，窈窕一川花。』（《法雲》五七言古。「陽燄」集作「燄水」。）雖前人亦未易道也。然學二謝，失於巧爾。」又云：「荊公詩云：『力去陳言夸末俗；可憐無補費精神。』（《韓子》七絕：「紛紛易盡百年身，舉世何人識道真？力去陳言誇末俗，可憐無補費精神。」韓公《贈崔立之評事》七古：「可憐無益費精神，有似黃金擲虛牝。」昌黎、半山蓋皆以喻知音難遇者，半山非譏昌黎也。）而公平生，文體數變，暮年詩益工，用意益苦，故知言不可不慎也。」宋葉夢得《石林詩話》卷上：「王荊公晚年，詩律尤精嚴，造語用字，間不容髮；然意與言會，言隨意遣，渾然天成，殆不見有牽率排比處。」又云：「蔡天啟（名肇）云：『荊公每稱老杜「鉤簾宿鷺起，丸藥流鶯囀」（《水閣朝霽奉簡嚴雲安》五古）之句，以為用意高妙，五字之模楷。他日公作詩，得『青山捫蝨坐，黃鳥挾書眠』，自謂不減杜語，以為得意，然不能舉全篇。余頃嘗以語薛肇明（名昂，早歲從荊公，後黨附蔡京，南宋初卒。），肇明後被旨編公集，求之終莫得。或云公但得此一聯，未嘗成章也。」又卷中云：「王荊公少以意氣自許，故詩語惟其所尚，不復更為含蓄。如『天下蒼生待霖雨，不知龍向此中蟠。』（《龍泉寺石井》七絕二首之一結句）『濃綠萬枝紅一點，動人春色不須多。』（周紫芝《竹坡詩話》謂此二句是其弟王安國平甫語，是。）『平治險穢非無力，潤澤焦枯是有才。』（《次韻和甫詠雪》七律三四，「力」集作「德」。）之類，皆直道其胸中事，後為群牧判官，從宋次道（名敏求）盡假唐人詩集，博觀而約取，晚年始盡深婉不迫之趣。乃知文字雖工拙有定限，然亦必視初壯；雖此公，方其未至時，亦不能力強而遽至也。」又云：「荊公詩用法甚嚴，尤精於對偶。嘗云：『用漢人語，止可以漢人語對；若參以異代語，便不相類。（此為尤工，實不必泥也。）……』」宋強幼安述唐庚《唐子西文錄》：「王荊公五字詩，得子美句法。其詩云：『地蟠三楚大，天入五湖低。』」（今集中未見）宋張表臣《珊瑚鉤詩話》卷二：「王臨川詩云：『細數落花因坐久，緩尋芳草得歸遲』（《北山》七絕結句）此與杜詩『見輕吹鳥毳，隨意數花鬚』（《陪李金吾花下飲》五律三四），命意何異？」宋葛立方《韻語陽秋》卷十八：「歐公贈介甫詩云：『翰林風月三千首，吏部文章二百年。』（《贈王介甫》前半云：「……老去自憐心尚在，後來誰與子爭先？」宋人詩話筆記或以吏部句是指謝朓，非也。）可謂極其褒美。世傳介甫猶以歐公不以孔、孟許之為恨，故作報詩云：『他日若能窺孟子，終身何敢望韓公。』（《奉酬永叔見贈》前半云：「欲傳道義心猶在，強學文章力已窮，……」是誠不以詩文似太白、昌黎為已足也。）恐未必然也。」宋胡仔《苕溪漁隱叢話・前集》卷三十三引《漫叟詩話》：「荊公定林（菴名，在金陵）後詩，精深華妙，非少作之比。嘗作《歲晚》詩云：『月映林塘靜（集作澹），風涵（含）笑語涼。俯窺憐淨綠（集作綠淨），小立佇幽香。攜幼尋新的，扶衰上（坐）野航。延緣久未已，歲晚惜流光。』自以比謝靈運，議者亦以為然。」又卷三十五云：「山谷云：『荊公暮年作小詩，雅麗精絕，脱去流俗。每諷味之，便覺沆瀣生牙頰間。』苕溪漁隱曰：荊公小詩，如『南浦隨花去，回舟路已迷。暗香無覓處，日落畫橋西。』（《南浦》五絕）『染雲為柳葉，翦水作梨花。不是春風巧，何緣見歲華？』（《染雲》五絕）『簷日陰陰轉，牀風細細吹。倏然殘午夢，何許一黃鸝！』（《午睡》五絕）『蒲葉清淺水，杏花和暖風。地偏緣底綠，人老為誰紅？』（《蒲葉》五絕）『愛此江邊好，留連至日斜。眠分黃犢草，坐占白鷗沙。』（《題舫子》五絕）『水淨山如染，風暄草欲薰。梅殘數點雪，麥漲一川雲。』（《題齊安壁》五絕。「水」集作「日」、「川」集作「溪」。）觀此數詩，真可使人一唱而三歎也。」宋吳聿《觀林詩話》：「山谷云：余從半山老人得詩句法（謂以文章句法入律詩也）云：『春風取花去，酬我以清陰。』」（《半山春晚即事》五律起句）宋陳巖肖《庚溪詩話》卷下：「王荊公介甫辭相位，退居金陵，日遊鍾山，脱去世故，平生不以勢利為務，當時少有及之者。然其詩曰：『穰侯老擅關中事，長恐諸侯客子來【《史記・范睢傳》：「王稽曰：『秦相穰侯（魏冉也。秦昭王母宣太后之異父長弟）東行縣邑。』范睢曰：『吾聞穰侯專秦權，惡內諸侯客，此恐辱我，我寧且匿車中。』有頃，穰侯果至，勞王稽，因立車而語曰：『關東有何變？』曰：『無有。』又謂王稽曰：『謁君得無與諸侯客子俱來乎？無益，徒亂人國耳！』王稽曰：『不敢。』即別去。……」】；我亦暮年專一壑【班固從伯嗣《報桓譚書》：「漁釣於一壑，則萬物不奸其志；棲遲於一丘，則天下不易其樂。」《世説新語・品藻》：「（晉）明帝問謝鯤：『君自謂何如庾亮？』答曰：『端委（禮衣也；此猶言正襟危坐。）廟堂，使百僚準則，臣不如亮；一丘一壑，自謂過之。』」又《巧藝》：「顧長康（名愷之）畫謝幼輿（鯤字）在巖石裏，人問其所以？顧曰：『謝云：「一丘一壑，自謂過之。」此子宜置丘壑中。』」】每逢車馬便驚猜。』（《偶書》七絕）既以丘壑存心，則外物去來，任之可也，何驚猜之有！是知此老胸中尚蔕芥也。如陶淵明則不然，曰：『結廬在人境，而無車馬喧，問君何能爾？心遠地自偏。』（《飲酒》二十首之五起四句。元李公煥注引王荊公曰：「淵明詩有奇絕不可及之語，如『結廬在人境』四句，由詩人以來無此句。」）然則寄心於遠，則雖在人境，而車馬亦不能喧之；心有蔕芥，則雖擅一壑，而逢車馬，亦不免驚猜也。」宋吳开（开音堅，平也。开，字正仲。）《優古堂詩話》：「前輩讀詩與作詩既多，則遣詞措意，皆相緣而起，有不自知其然者。荊公晚年閑居詩（原題《北山》）云：『細數落花因坐久，緩尋芳草得歸遲。』蓋本於王摩詰『興闌啼鳥喚，坐久落花多。』（《從岐王過楊氏別業應教》五律五六），而其辭意益工也。徐師川（山谷甥，名俯）自謂荊公暮年金陵絕句之妙傳天下。……」【宋曾季貍《艇齋夜話》亦以荊公此二句與王維、李嘉祐（《送嚴員外》七律三四：「細雨濕衣看不見，閒花落地聽無聲。」一作劉長卿詩）三者並舉，以為是「前人詩言落花有思致者。」】《艇齋詩話》云：「東萊（呂本中）不喜荊公詩，云：『汪信民（名革，臨川人，哲宗紹聖時進士，不就蔡京召，性篤實剛勁，其名言云：「咬得菜根斷，則百事可做。」）嘗言荊公詩失之軟弱，每一詩中，必有依依嫋嫋等字。』予以東萊之言考之荊公詩，每篇必用連緜字，信民之言不繆，然其精切藻麗，亦不可掩也。」又云：「東湖（徐師川號）言：荊公詩多學唐人，然百首不如晚唐人一首。」（此論非是，師川蓋「憎其餘胥」耳。）又云：「東湖言荊公『月移花影上闌干。』（《夜直》七絕結句：「春色惱人眠不得，月移花影上闌干。」）不是好詩，予以為止似小詞。」又曰：「東湖云：荊公《謝安詩》云：『一去可憐終不返，暮年垂淚對桓伊。』【《謝公墩》七絕二首之二結句。《晉書・謝安傳》：「安雖受朝寄，然東山之志，始末不渝，每形於言色。……雅志未就，遂遇疾篤。」又《桓伊傳》：「善音樂，盡一時之妙，為江左第一。……謝安女婿王國寶，專利無檢，安惡其為人，每抑制之。及孝武末年，嗜酒好內，……於是國寶讒諛之計，稍行於主相之間；而好利險詖之徒，以安功名盛極而構會之，嫌隙遂成。帝召伊飲讌，……伊便撫箏而歌《怨詩》（曹植《怨歌行》）曰：『為君既不易，為臣良獨難！（《論語・子路篇》：「為君難，為臣不易。」）忠信事不顯，乃有見疑患。周旦佐文、武（本作「佐成王」），《金縢》功不刊。（《書序》：「武王有疾，周公作《金縢》。」孔安國傳：「為請命之書，藏之於匱，緘之以金，不欲人開之。」）推心輔王政，二叔反流言。』（《金縢》：「武王既喪，管叔及其羣弟，乃流言於國曰：『公將不利於孺子。』」）聲節慷慨，俯仰可觀。安泣下沾衿，乃越席而就之，捋其鬚曰：『使君於此不凡。』帝甚有愧色。」】蓋譏安也。而其詩自言志，卻云：『殘年歸去終無樂，聞說章江即淚流。』【《和張仲通憶鍾陵》（故城在今江西進賢縣西北）七絕二首之二結句】何其與譏安相反邪？」（觀徐師川等言，則「諱學金陵」之意益見矣。）宋吳可《藏海詩話》「『細數落花因坐久，緩尋芳草得歸遲。』『細數落花』、『緩尋芳草』，其語輕清；『因坐久』、『得歸遲』，則其語典重。以輕清配典重，所以不墮唐末人句法中，蓋唐末人詩輕佻耳。」宋趙與虤（音頑，《説文》：「虎怒也」。此頑嚚之本字；嚚，本亦作犾，「兩犬相齧也。」）《娛書堂詩話》卷下：「王荊公《初夏》絕句（原題是《初夏即事》，即事，猶即景也。）：『石梁茅屋有灣碕，流水濺濺度兩陂。晴日暖風生麥氣，綠陰幽草勝花時。』范石湖（號成大）云：『嘗蒙恩，獨引觴燕，壽王（孝宗）與行苑中，親誦後句，以為佳。』」又云：「荊公『繅成白雪桑重綠，割盡黃雲稻正青』之句（《木末》七絕結句），今古傳誦。」劉克莊《後村詩話・前集》：「半山輓裕陵（神宗葬永裕陵）云：『玉暗蛟龍蟄，金寒雁鶩飛。』（《神宗皇帝輓辭》五律二首之二第五六句。《西京雜記》卷一：「漢帝送死，皆珠襦玉匣。匣形如鎧甲，連以金縷。武帝匣上皆鏤為蛟龍鸞鳳龜麟之象，世謂為蛟龍玉匣。」晉王嘉《拾遺記》卷五：「昔秦破驪山之墳，行野者見金鳧向南而飛。……昔始皇為塚……金銀為鳧雁。」《漢書・劉向傳》：「向上疏諫成帝曰：『秦始皇帝葬驪山之阿，……水銀為江海，黃金為鳧雁。』」鳧即鶩也。）輓吳春卿云：『曲突非無驗，方穿有不行。』（《正肅吳公輓辭》三首之二第三四句。吳育，字春卿，仁宗時官至參知政事，謚正肅。《漢書・霍光傳》：「曲突徙薪亡恩澤，焦頭爛額者為上客耶？」《史記・田敬仲完世家》：「淳于髡曰：『狶膏棘軸，所以為滑也，然而不能運方穿。』」唐司馬貞《史記索隱》：「狶膏，豬脂也。棘軸，以棘木為車輪，至滑而堅也；然而穿孔若方，則不能運轉。」）鍊字斲對無遺巧。」金王若虛《滹南詩話》卷三：「荊公有『兩山排闥送青來』之句（《書湖陰先生壁》七絕二首之一結句：「一水護田將綠遶，兩山排闥送青來。」《史記・樊噲傳》：「高帝嘗病甚，惡見人，臥禁中，……十餘日，噲乃排闥直入。」張守節《史記正義》：「闥，宮中小門。」）雖用『排闥』字，讀之不覺其詭異。」元韋居安《梅磵詩話》卷上：「荊公行青苗免役等法，引用一等小人，天下受其害，卒召六十年後靖康之禍，洪平齋（南宋洪咨夔舜俞號）有詩云：『君臣一德盛熙寧，厭故趨新用六經。但怪畫圖來鄭俠，何期奏議出唐坰。（鄭俠繪流民圖，神宗覽之長歎，翌日悉罷青苗新法。唐坰以崇文校書知諫院，上二十疏詆安石，比之李林甫、盧杞，貶潮州別駕。）掌中大地山河舞，舌底中原草木腥。養就禍胎身始去，依然鍾阜向人青。』按國史，俠嘗從安石學，坰乃安石所薦，皆以新法不便攻之。此詩乃五十六字史論。近時李石山振龍《題荊公定林庵》一聯云：『誰令此地成南渡？所謂伊人在此山。』亦可傳。」又云：「荊公手種松在定林庵前，高標挺然，上侵霄漢。南豐曾景建（南宋曾極字。朱子得其書及詩，大異之。）詩云：『彙進群姦卒召戎，萌芽培養自熙、豐。當時手植留遺愛，只有巖前十八公。』此亦誅心之論。」（觀上二條，則遺山『諱學金陵猶有說』之意又可見矣。）明楊慎《升庵詩話》卷十一：「劉文靖因（元人。初名駰，字夢驥；後改名因，字夢吉，號靜修，謚文靖。）《書事絕句》云：『當年一線魏瓠穿（《莊子．逍遙遊》：「惠子謂莊子曰：魏王貽我大瓠之種，我樹之成而實五石，以盛水漿，其堅不能自舉也。」）直到橫流破國年。草滿金陵誰種下？天津橋上聽啼鵑。』宋子虛（元宋無）《詠王安石》亦云：『投老歸耕白下田，青苗猶未罷民錢。半山春色多桃李，無奈花飛怨杜鵑。』二詩皆言宋祚之亡由於安石，而含蓄不露，可謂詩史矣。」（遺山「諱學」句意又見）明瞿佑《歸田詩話》卷上：「王荊公《詠謝公墩》云：『我名公字偶相同，我屋公墩在眼中；公去我來墩屬我，不應墩姓尚隨公。』或謂荊公好與人爭，在朝則與諸公爭新法，在野則與謝公爭墩，亦善謔也。然公詠史（《偶書》）云：『穰侯老擅關中事，長恐諸侯客子來。我亦暮年專一壑，每逢車馬便驚猜。』則公不獨欲專朝廷，雖丘壑亦欲專而有之，蓋生性然也。」明李東陽《麓堂詩話》：「王介甫點景處，自謂得意，然不脱宋人習氣（此句非）。其詠史絕句，極有筆力，當別用一具眼觀之。若《商鞅詩》，乃發洩不平語，於理不覺有礙耳。」（《商鞅》七絕：「自古驅民在信誠，一言為重百金輕。今人未可非商鞅，商鞅能令政必行。」）清吳之振《宋詩鈔・臨川詩鈔》：「安石少以意氣自許，故詩語惟其所向，不復更為涵蓄。後從宋次道盡假唐人詩集，博觀而約取，晚年始悟深遠不迫之趣。然其精嚴深刻，皆步驟老杜所得；而論者謂其有工緻，無悲壯，讀之久則令人筆拘而格退。余以為不然，安石遣情世外，其悲壯即寓閒澹之中；獨是議論過多，亦是一病爾。」清顧嗣立《寒廳詩話》：「證山（周斯盛，字屺公，號證山。）最喜王半山詠史絕句，以為多用翻案法，深得玉溪生筆意。如《范增》詩云：『中原秦鹿待新羈，力戰紛紛此一時，有道弔民天即助，不知何用牧羊兒？』【二首之二。牧羊兒，謂義帝也。《史記・項羽本紀》：「……於是項梁然其（范增）言，乃求楚懷王孫心民間，為人牧羊。」】千古別具隻眼。」王士禎《古詩選・七言詩凡例》：「兗公（歐陽修。哲宗紹聖三年五月，追封兗國公。）之後，學杜、韓者，王文公（安石謚文）為巨擘。七言長句，蓋歐陽公後勁，蘇、黃前茅；特其妙處，微不逮數公耳。」宋犖《漫堂説詩》：「仁宗時，歐陽修、梅堯臣、蘇舜欽，謂之歐、梅，亦稱蘇、梅，諸君多學杜、韓。王安石稍後，亦學杜、韓。神宗時，蘇軾、黃庭堅，謂之蘇、黃。」

其二十八云：

「古雅難將子美親，精純全失義山真；【注一】論詩寧下涪翁拜，未作江西社裏人。」【注二】

【注一】此譏評江西末流餘子，難親杜子美之古雅，全失李義山之精純也；（古則不鄙近，雅則無不正；精則妙用入神，純則真切不雜。）然於山谷老人之作，又安得不拜手推服乎。查慎行《初白菴詩評》云：「涪翁生拗錘鍊，自成一家，值得下拜。『江西派』中，原無第二手也。」翁方綱《石洲詩話》卷七云：「唐之李義山，宋之黃涪翁，皆杜法也，先生撮在此一首中，真得其精微矣；放翁、道園（元虞集，字伯生，號道園，元詩實推第一手。）皆未嘗有此等議論；即使不讀遺山詩集，已自可以獨有千古矣。」

李義山詩約分二體，其綺麗風華者，自李長吉及太白樂府中來，其疎宕頓挫者，則純是少陵血脈也。前第三首之「溫、李新聲」，是指其綺麗之作；此揭精純，是得杜之真者。宋《許彥周詩話》：「李義山詩，字字鍛鍊，用事婉約。」又云：「作詩淺易鄙陋之氣不除，大可惡。客問何從去之？僕曰：熟讀唐李義山詩與本朝黃魯直詩而深思焉則去也。」陳師道《答秦覯書》：「豫章之學博矣，而得法於杜少陵，其學少陵而不為者也。」宋許尹《山谷內集注序》：「杜少陵之詩，衣被天下，藹然有忠義之氣，後之作者，未有加焉。宋興二百年，文章之盛，追還三代，而以詩名世者，豫章黃庭堅魯直。其後學黃而不至者，後山陳師道無己。二公之詩，皆本於老杜而不為者也。」

宋范晞文《對牀夜語》卷四：「『虹收青嶂雨，鳥沒夕陽天。』【義山《河清與趙氏昆季讌集得擬杜工部》五律：「勝事殊江右，佳名逼渭川。（江右、指洛陽；渭川、指長安。）虹收青嶂雨，鳥沒夕陽天。客鬢行如此，滄波坐渺然。（客鬢，一作歲月；滄波，一作江湖。）此中真得地，漂蕩釣魚船。」】『月澄新漲水，星見欲銷雲。』（《夜出西溪》五律三四）『池光不受月，野氣欲沈山。』（《戲贈張書記》五排三四）『城窄山將壓，江寬地共浮。』（《桂林》五律起句）『秋應為紅葉，雨不厭蒼苔。』（《寄裴衡》五律三四）皆商隱詩也，何以事為哉！又《落花》云：『落時猶自舞，掃後更聞香。』（《和張秀才落花有感》五律三四）《梅花》云：『素娥唯與月，青女不饒霜。』（《十一月中旬至扶風界見梅花》五律三四）尤妙。若『江海三年客，乾坤百戰場。』（《夜飲》五律五六），則絕類老杜。」宋胡仔《苕溪漁隱叢話・前集》卷二十二引《蔡寬夫詩話》：「王荊公晚年，亦喜稱義山詩，以為唐人知學老杜，而得其藩籬，惟義山一人而已。每誦其『雪嶺未歸天外使，松州猶駐殿前軍。』（《杜工部蜀中離席》七律三四。《後漢書・班超傳》李賢注：「西城有白山，通歲有雪，亦名雪山。」松州，唐置，今之四川松潘縣，後沒於吐蕃。吐蕃，今之西藏一帶地，唐時屢入寇。杜甫《嚴公廳宴同詠蜀道圖畫得空字》五律三四：「劍閣星橋北，松州雪嶺東。」）『永憶江湖歸白髮，欲回天地入扁舟。』（《永定城樓》七律五六）

與『池光不受月，暮氣欲沈山。』『江海三年客，乾坤百戰場。』之類，雖老杜亡以過也。」又引范溫《詩眼》云：「義山詩，世人但稱其巧麗，至與溫庭筠齊名，蓋俗學只見其皮膚；其高情遠意，皆不識也。」又卷四十九云：「近時學詩者，率宗江西，然殊不知江西本亦學少陵者也。故陳無已曰：『豫章之學博矣，而得法於少陵，故其詩近之。』（見《後山集・答秦覯書》）今少陵之詩，後生少年，不復過目，抑亦失江西之意乎！江西平日語學者為詩旨趣，亦獨宗少陵一人而已。余為是說，蓋欲學詩者師少陵而友江西，則兩得之矣。」宋吳可《藏海詩話》：「學詩者當以杜為體，以蘇、黃為用，拂拭之則自然波峻，讀之鏗鏘。蓋杜之妙處藏於內，蘇、黃之妙發於外。」宋張戒《歲寒堂詩話》卷上：「黃魯直自言學杜子美。」又曰：「子瞻以議論作詩，魯直又專以補綴奇字，學者未得其所長而先得其所短，詩人之意掃地矣。」又曰：「子美之詩，得山谷而後發明，『後世復有揚子雲，必愛之矣』，誠然誠然。（韓愈《與馮宿論文書》：「昔揚子雲著《太玄》，人皆笑之，子雲之言曰：『世不我知，無害也；後世復有揚子雲，必好之矣。』」）往在桐廬，見呂舍人居仁，余問：『魯直得子美之髓乎？』居仁曰：『然。』『其佳處焉在？』居仁曰：『禪家所謂死蛇弄得活。』」又曰：「作麤俗語倣杜子美，作破律句（拗句）倣黃魯直，皆初機爾！必欲入室升堂，非得其意則不可。張文潛與魯直同作《中興碑詩》（原題是《書磨崖碑後》），七古。唐肅宗時，元結作《中興頌》，顏魯公書，磨崖鐫刻於永州語溪。），然工拙不可同年而語，魯直自以為入子美之室，若《中興碑詩》，則真可謂入子美之室矣。」宋劉克莊《後村詩話・後集》：「游默齋（名九言，字誠之，謚文靜，學者稱默齋先生，有《默齋遺稿》）序張晉彥（名祁，號總得翁。）詩云：『近世以來，學江西詩，不善其學，往往音節聱牙，意象迫切（過於顯露），且議論太多，失古詩吟詠性情之本意。』切中時人之病。」金王若虛《滹南詩話》卷三：「山谷自謂得法於少陵，而不許於東坡。以予觀之，少陵，典謨也；東坡，《孟子》之流，山谷，則揚雄《法言》而已。」又曰：「朱少章（宋朱弁，撰《曲洧舊聞》及《風月堂詩話》者）論『江西』詩律，以為用『崑體』（指義山）功夫，而造老杜渾全之地。予謂用『崑體』工夫，必不能造老杜之渾全；而至老杜之地者，亦無事乎『崑體』工夫。蓋二者不能相兼耳。」（此論未盡然，宜去義山之豔體而師其效杜者，斯得矣。）元王構《修辭衡鑑・詩清立意新》條云：「老杜詩清立意新，最是作詩用力處；蓋不可循習陳言，只規摹舊作也。魯直云：『隨人作計終後人。』」（《以右軍書數種贈邱十四》七古：「隨人作計終後人，自成一家始逼真。」已見前。）又云：「『文章切忌隨人後。』（《贈何敞王博諭》七律五六：「文章切忌隨人後，道德無多只本心。」亦見前。）此自魯直見處也。近世人學老杜多矣，左規右矩，不能稍出新意，終成屋下架屋（見前第二十一首注一。）無所取長；獨黃魯直未嘗似前人，卒與之合，此為善學。如陳無己力盡規摹，已少變化。」明王世貞《藝苑卮言》卷四：「魯直用生拗句法，或拙或巧，從老杜歌行中來。」清顧自立《寒廳詩話》：「虛谷之論宋詩，詳矣（見方回《桐江集》）；然其大旨，則祖江西而祧晚唐。（《四庫全書總目・瀛奎律髓提要》：「大旨排『西崑』而主『江西』，倡為一祖三宗之說，一祖者杜甫，三宗者，黃庭堅、陳師道、陳與義也。其說，以生硬為健筆，以粗豪為老境，以鍊字為句眼。」）善乎定遠先生（馮班）之論曰：『「西崑」之流敝，使人厭讀麗辭，「江西」以麤勁反之，流敝至不成文章矣；四靈以清苦為詩（宋徐照，字靈輝；徐璣，字靈淵；翁卷，字靈舒；趙師秀，字靈秀，皆永嘉人，詩出晚唐姚合。）一洗黃、陳之惡氣象，獰面目（應是其末流），然間架太狹，學問太淺，更不如黃、陳有力也。』」

清宋犖《漫堂說詩》：「晚唐李義山，刻意學杜，亦是精麗。」又曰：「義山造意幽邃，感人尤深，學者皆宜尋味。」清沈德潛《說詩晬語》卷下：「『西江派』、黃魯直太生，陳無己太直，皆學杜而未嚌（音劑，嘗也）其炙者；然神理未浹，風骨獨存。南渡以下，……四靈諸公之體，方幅狹隘，令人一覽易盡，亦為不善變矣。」姚鼐《今體詩鈔・序目》：「山谷刻意少陵，雖不能到，然其兀傲磊落之氣，足與古今作俗詩者澡濯胸胃，導啟性靈。」薛雪《一瓢詩話》：「學杜詩，當從玉溪入。」又曰：「李玉溪無疵可議。要知前有少陵，後有玉溪，更無有他人可任鼓吹。有唐，惟此二公而已」。錢木菴《唐音審體》：「七言律詩……義山繼起，入少陵之室，而運以穠麗，盡態極妍。」（應分二體）方東樹《昭昧詹言》卷二十：「欲知黃詩，須先知杜，真能知杜，則知黃矣。杜七律所以橫絕諸家，只是沈著頓挫、恣肆變化、陽開陰合，不可方物；山谷之學，專在此等處，所謂作用。義山之學在句法，空同（明李夢陽，字獻吉，號空同子，詩不可學。）在形貌。三人之中，以山谷為最，此定論矣。」李重華《貞一齋詩話》：「余謂七律法，至於子美而備，筆力亦至子美而極。……義山學杜最佳，法亦至細，善學人可借作梯級。」曾國藩《讀李義山詩集》五絕：「渺緜出聲響，奧緩生光瑩；太息涪翁去，無人會此情！」清末錢椠《峴傭說詩》（述施均父語）：「少陵七律，無才不有，無法不備。義山學之，得其濃厚；東坡學之，得其流轉；山谷學之，得其奧峭；遺山學之，得其蒼鬱。」又曰：「義山七律，得於少陵者深，故穠麗之中，時帶沈鬱：如《重有感》《籌筆驛》等篇，氣足神完，直登其堂，入其室矣。」近人黃節《詩學》云：「山谷教人為詩，在乎精研經史（見《山谷集》中《與方蒙書》）。是故山谷於詩雖學杜，而能自成面目，由其讀書之功也。後山曰：『山谷詩得法杜甫，學甫而不為者。』謂山谷之學之行過乎杜甫也。」（湛銓案：山谷學行雖似過少陵，然後山之意實謂其能變耳。）

【注二】涪翁，山谷號也。清初吳景旭《歷代詩話》卷五十九：「漢時，廣陵有老翁釣於涪水，自號涪翁。（《後漢書・方術下・郭玉傳》：「郭玉者，廣漢雒人也。初，有父老不知何出，常漁釣於涪水，因號涪翁。……」）魯直謫涪州別駕（哲宗紹聖元年十二月，山谷謫為涪州別駕，黔州安置。涪州治今四川涪陵縣，近貴州。），因稱涪翁，……又謫黔州（紹聖二年四月到黔州），號黔安居士；黔中寓開元寺，寺有摩圍泉，因號摩圍老人（摩圍山開元寺，實在川邊涪州東南彭水縣，僚人呼天曰圍）；至宜州（今廣西宜山縣。徽宗崇寧三年，六十歲，五六月間到宜州貶所，翌年九月三十日卒。），號八桂老人，陳後山呼魯直為金華仙伯。」宋呂本中居仁《江西宗派圖序》：「唐自李杜之出，焜耀一世，後之言詩者，皆莫能及。至韓、柳、孟郊、張籍諸人，激昂奮厲，終不能與前作者並。元和（憲宗）以後，至國朝，歌詩之多，或傳者，多依效舊文，未盡所趣。惟豫章始大出而力振之，抑揚反覆，盡兼眾體；而後學者、同作並和，雖體制或異，要皆所傳者一。故予錄其名字，以遺來者。」（《苕溪漁隱叢話・前集》卷四十八引）宋曾季貍《艇齋詩話》：「東萊作《江西宗派圖》，本無詮次（謂不分先後次第），後人妄以為有高下，非也。予嘗見東萊，自言少時率意而作，不知流傳人間，甚悔其作也。然予觀其序論古今詩文，其說至矣盡矣，不可以有加矣；其圖則真非有詮次，若有詮次，則不應如此紊亂，兼亦有漏落。」宋胡仔《苕溪漁隱叢話・前集》卷四十八：「呂居仁近時以詩得名，自言傳衣江西，嘗作《宗派圖》，自豫章以降，列陳師道、潘大臨、謝逸、洪芻、饒節、僧祖可、徐俯、洪朋、林敏修、洪炎、汪革、李錞、韓駒、李彭、晁沖之、江端本、楊符、謝薖、夏倪、林敏功、潘大觀、何覬、王直方、僧善權、高荷，合二十五人，以為法嗣，謂其源流皆出豫章也。其《宗派圖序》數百言，大略云：『……』。余竊謂：豫章自出機杼，別成一家，清新奇巧，是其所長；若言『抑揚反復，盡兼眾體』，則非也。元和至今，騷翁墨客，代不乏人，觀其英詞傑句，真能發明古人不到處；卓然成立者甚眾，若言『多依效舊文，未盡所趣』，又非也。所列二十五人，其間知名之士，有巧句傳於世，為時所稱道者，止數人而已；其餘無聞焉，亦濫登其列，居仁此圖之作，選擇弗精，議論不公，余是以辨之。」又曰：「《呂氏童蒙訓》云：『學古人文字，須得其短處；如……東坡詩，有汗漫處；魯直詩，有太尖新，太巧處；皆不可不知。……學者專力於此，則亦失古人作詩之意。』」苕溪漁隱曰：「《童蒙訓》乃居仁所撰，譏魯直詩有太尖新、太巧處，無乃與《江西宗派圖》所云『抑揚反覆，盡兼眾體』之語背馳乎？」（湛銓案：居仁特揭山谷所短，實欲使後學者知其短而不犯耳；尖巧者亦有之，此其所以盡兼眾體也，何背馳之云！）宋劉克莊《江西詩派小序・山谷》云：「……豫章稍後出，會萃百家句律之長，究極歷代體制之變，蒐獵奇書，穿穴異聞，作為古律（拗聲七律），自成一家，雖隻字半句不輕出，遂為本朝詩家宗祖，在禪學中比之達磨，不易之論也。」一又《總序》云：「呂紫微【本中，字居仁，累官至中書舍人（世稱為紫微郎）。謚文清，學者稱東萊先生。】作《江西宗派》，自山谷而下，凡二十六人（合山谷計）。內何人表顒（即漁隱之何覬，未知孰是）、潘仲達大觀，有姓名而無詩，詩存者凡二十四家。王直方詩絕少，無可采；餘二十三人，部帙稍多。……派中如陳後山、彭城人，韓子蒼（駒）、陵陽人，潘邠老（大臨）、黃州人，夏均父（倪）、二林（敏修、敏功）、蘄人，晁叔用（沖之）、江子之（端本）、開封人，李商老（彭）、南康人（南康是在江西矣；彭乃四川建昌人。），祖可、京口人；高子勉（荷）、京西人，非皆江西人也。（不宜以地論，見下。）同時如曾文清（名幾，字吉甫，號茶山居士，謚文清，陸游之師。）乃贛人，又與紫微公以詩往還，而不入派，不知紫微之意云何？惜當日無人以此叩之。後來誠齋出，真得所謂活法，所謂流轉圜美如彈丸者，恨紫微公不及見耳！」【清張泰來《江西詩社宗派圖錄》云：「呂居仁作《江西詩社宗派圖》，自黃山谷而下，列陳後山等凡二十五人。……說者謂居仁作圖，既推山谷為宗派之祖，二十五人皆嗣公法者；今圖中所載，或師老杜，或師儲（光羲）、韋，或師二蘇（東坡兄弟），師承非一家也。詩派獨宗江西，惟江西得而有之；何以或產於揚（僧祖可）？或產於兗（後山彭城人，古屬兗州。）？或產於豫（江端本開封人）？或產於荊、梁（潘大臨湖北黃州人，夏倪、林敏修、敏功湖北蘄州人，高荷湖北襄陽人，皆屬荊州，韓駒、李彭皆四川人，古屬梁州。）？似風土又不得而限矣。……大抵宗派一說，其來已久，實不昉自呂公也。嚴滄浪論詩體，始於《風》《雅》，建安而後，體固不一。

逮宋，有『元祐體』、『江西體』，註云：『「元祐體」即「江西派」，乃黃山谷、蘇東坡、陳後山、劉後村、戴石屏之詩。』（戴復古，字式之，號石屏，放翁門人。後村、石屏皆在呂居仁後，張泰來是論其詩之體格相承耳，實則放翁、誠齋皆江西詩派也。）是諸家（元祐蘇、黃）已開風氣之先矣；居仁因而結社，一時壇墠所及，遂有二十五人，爰作圖以記之，詎必溯其人之師承，計其地之遠近歟？觀呂公自序有云：『同作並和，雖體裁或異，要皆所傳者一。』其涯略殆可睹矣。」】

宋嚴羽《滄浪詩話・詩辯》：「國初之詩，……至東坡、山谷，始自出己意以為詩，唐人之風變矣。山谷用工，尤為深刻，其後法席盛行海內，稱為『江西宗派』。」清南湖花隱跋張泰來《江西詩社宗派圖錄》：「朱考亭（朱子晚年卜築於建陽之考亭，故亦稱朱考亭。）云：『江西之詩，自山谷一變，至楊廷秀（誠齋）又再變。』（見《朱子語錄》卷一百四十）以斯知一代之詩，未有不變者也，獨江西宗派云！……元遺山《論詩》三十首有云：『只知詩到蘇、黃盡，滄海橫流卻是誰？』又云：『論詩寧下涪翁拜，未作江西社裏人。』由是觀之，善學詩者，支派雖分，性情則一。……今必執江西一派，以求盡天下之詩，是鑿井得泉者也，詎復知江、淮、河、漢之源流乎！」清王士禛等《師友詩傳錄》張實居、蕭亭答問云：「……歐、蘇二文忠公出，而始變其法（指楊、劉等『西崑體』）黃文節公（山谷諡）又創為『江西派』，各有本末，道自並行。凡論古人詩，須求其本領所在，不可以流俗所趨一概抹殺也。」王士禛《古詩選・七言詩凡例》云：「山谷雖脫胎於杜，顧其天姿之高，筆力之雄，自闢庭戶。宋人作《江西宗派圖》，極尊之，配食子美，要亦非山谷意也。」又《冬日讀唐宋金元諸家詩偶有所感，各題一絕於卷後》凡七首，於山谷云：「一代高名孰主賓？中天坡、谷兩嶙峋。瓣香只下涪翁拜，宗派江西第幾人？」又《戲效元遺山論詩絕句三十二首》之十二云：「涪翁掉臂自清新，未許傳衣躡後塵。卻笑兒孫媚初祖，強將配饗杜陵人。」自注云：「山谷詩得未曾有，宋人強以擬杜，反來後世彈射，要皆非文節知己。」翁方綱《石洲詩話》卷八評云：「凡例數語，自是平心之論。其實山谷學杜，得其微意，非貌杜也。即或後人以配食杜陵，亦奚不可！而此詩以為未許傳衣，則專以清新目黃詩，又與所作《七言詩凡例》之旨不合矣。遺山云：『論詩寧下涪翁拜，未作江西社裏人。』此不以山谷置《西江派圖》中論之也；漁洋云：『卻笑兒孫媚初祖，強將配食杜陵人。』此專以山谷置《西江派圖》中論之也。山谷是『西江派』之祖，又何待言！然而因其作『西江派』之祖，即不許其繼杜，則非也。吾故曰：遺山詩初非斥薄『西江派』也，正以其在論杜一首中與義山並推其繼杜，則即不作一方之音限之可見矣。此不斥薄『西江派』，愈見山谷之超然上接杜公耳。近日如朱竹垞論詩，頗不慊於山谷；惟漁洋極推山谷，似是山谷知己矣，而此章卻又必拘拘置之『西江派』，不許其嗣杜，揆之遺山《論詩》，孰為知山谷者，明眼人必當辨之。先生他日讀黃詩絕句又曰：『一代高名孰主賓？中天坡、谷兩嶙峋。瓣香只下涪翁拜，宗派江西第幾人？』此首則竟套襲遺山《論詩》絕句『論詩寧下涪翁拜，未作江西社裏人』之句調；愚從來不敢效近人騰口於漁洋先生，然讀至此詩，則先生竟隨口讀過，不能知遺山詩之意矣。遺山『寧』字，百煉不能到也。其上句云：『古雅難將子美親，精純全失義山真』，有一杜子美在其上，又有一李義山在其上，然後此句『寧』字，只以一半許山谷而已，超出所謂『西江派』方隅之見矣。只此一箇『寧』字，其心眼並不斥薄『西江派』，而其尊重山谷之意，與其置山谷於子美、義山之後之意，層層圓到，面面具足。有此一『寧』字，乃得上二句學杜之難與學義山之失真，更加透徹也。」（達生案：此依一九二四年博古齋影印《蘇齋叢書》刻本《石洲詩話》；北京人民文學出版社一九八一年新校本，已將文內「西江派」「西江」二字更正為「江西」矣。）錢大昕《十駕齋養新錄》卷十六《江西派》云：「呂本中《江西詩派圖》意在尊黃涪翁；并列陳後山於諸人中。後山與黃，同在蘇門，詩格亦與涪翁不相似（後山貌杜，涪翁變杜。），乃抑之入『江西派』，誕甚矣！（按：後山《答秦覯書》云：「僕於詩，初無師法，然少好之，老而不厭，數以千計；及一見黃豫章，盡焚其稿而學焉。豫章以為『譬諸奕焉，弟子高師一著，僅能及之，爭先則後矣。』僕之詩，豫章之詩也。」後山師承山谷，則呂居仁以之次涪翁，何誕之有哉！）元遺山云：『論詩寧下涪翁拜，未作江西社裏人』；又云：『北人不拾江西唾，未要曾郎借齒牙。』（《自題中州集後五首》之二結句。南宋曾慥編《皇宋詩選》，金詩不錄，故遺山云爾。詳後。）遺山固薄黃體而不為（實亦兼學山谷），亦由此輩尊之過當，故有此論。」按：遺山先生《解嘲二首》七絕之二云：「詩卷親來酒醆疎，朝吟竹隱暮南湖。（金之竹隱，未詳何人；南湖，則友人曹通甫號也。）袖中新句知多少？坡、谷前頭敢道無？」則先生豈不重山谷者哉！錢竹汀斯為失言矣。宋徽宗時史臣撰《黃庭堅傳》云：「自李、杜沒而詩律衰，唐末及五季，雖有以比興自名者，然氣下格弱，幺麽骫骳（音委備，屈曲委靡也。）無以議為也（不足道之意）。楊文公（億字大年，謚文。）始以文章蒞盟，然至為詩以李義山為宗（學其艷體），以漁獵掇拾為博，以儷花鬥果為工，號稱『崑崙體』（即『西崑體』）；嫣然華靡，而氣骨不存。嘉祐（仁宗）

以來，歐文忠公稱太白為絕唱，王文公推少陵為高作，而詩格大變；高風之所扇，作者間出，班班可述矣。元祐間，蘇、黃並世，以碩學宏才，鼓行士林，引筆行墨，追古人而與之俱。世謂李、杜詩歌高妙，而文章不稱；李翺、皇甫湜（韓門弟子）古文典雅，而詩獨不存。（《全唐詩》卷三百六十九收翺詩七首，湜詩三首，皆少且不佳，有若無矣。）惟二公不然，可謂兼之矣。然世之論文者，必宗東坡，言詩者必右山谷，其然？豈其然乎！（見《論語・憲問》篇）山谷自黔州以後（哲宗紹聖二年四月到黔州貶所，年五十一。），句法尤高，筆勢放縱，實天下之奇作，宋興以來，一人而已。」洪炎玉父《豫章黃先生退聽堂錄序》：「大抵魯直於文章，天成性得，落筆巧妙，他士莫逮。而尤長於詩，其發源，以治心修性為宗本，放而至於遠聲利，薄軒冕，極其致，憂國憂民，忠義之氣，藹然見於筆墨之外。凡句法置字，律令新新不窮，增出增奇，所謂包曹、劉之波瀾，兼陶、謝之宇量，可使子美分座，太白卻行者邪？」宋曾季貍《艇齋詩話》：「山谷詩云：『十度欲言九度休，萬人叢中一人曉。』（《贈陳師道》七古），曾吉甫云：『此正山谷詩法也。』」《朱子語類》卷百四十：「蜚卿（弟子童伯羽字）問山谷詩，曰：『精絕。知他用多少工夫！今人卒乍如何及得。可謂巧者無餘，自成一家矣；但只是古詩較自在，山谷則刻意為之。』」宋吳可《藏海詩話》：「七言律詩極難做，蓋易得俗，是以山谷別為一體。」宋楊萬里《燈下讀山谷詩》七律：「天下無雙雙井黃（《後漢書・文苑・黃香傳》：「天下無雙，江夏黃童。」江西洪州分寧縣高城鄉有雙井，產茶著名，山谷出生地也。）遺編猶作舊時香。百年人物今安在（山谷早生誠齋八十年）？千載功名紙半張。（山谷《題李十八常軒》七律三四：「蓋世功名棋一局，藏山文字紙千張。」）使我詩篇如許好，關人身事亦何嘗。（謂假使己詩能如山谷好，則一切世事可擺脫也。）地爐火暖燈花喜，且只移家住醉鄉。」姚範（鼐伯父，字南菁，號薑塢）曰：「涪翁以驚創為奇，其神兀傲，其氣崛奇，玄思瑰句，自得意表。玩誦之久，有一切廚饌腥螻（臭也）而不可食之意。」（《昭昧詹言》卷十引）清方東樹《昭昧詹言》卷十：「涪翁以驚創為奇，意、格、境、句、選字、隸事、音節，著意與人遠，此即恪守韓公『去陳言』、『詞必己出』（《答李翊書》：「惟陳言之務去。」《南陽樊紹述墓誌銘》：「惟古於詞必己出，降而不能乃剽賊。」）之教也。故不惟凡近淺俗，氣骨輕浮，不涉意端句下；凡前人勝境，世所程式效慕者，尤不可一毫近似之。所以避陳言，羞雷同也。（《禮記・曲禮上》：「毋勦說，毋雷同。」顧炎武《日知錄》云：「毋勦說，毋雷同，此古人立言之本也。」）而於音節，尤別創一種兀傲奇崛之響，其神氣即隨此以見。真用功深造而自成一家，遂開古今一大法門，亦百世之師也。」又卷十二云：「山谷之妙，在乎迴不猶人，時時出奇，故能獨步千古，所以可貴。」又曰：「入思深，造句奇崛，筆勢健，足以藥熟滑。山谷之長也。」又曰：「山谷之妙，起無端，接無端，大筆如椽，轉折如龍虎。掃棄一切，獨提精要之妙。每每於承接處，中亙萬里，不相聯屬，非尋常意計所及，此小家何由知之！」又曰：「奇思、奇句、奇氣。」

其二十九云：

「池塘春草謝家春，萬古千秋五字新。【注一】

傳語閉門陳正字，可憐無補費精神。」【注二】

【注一】此嫌陳後山徒事苦吟，無特創天成之趣也。遺山此作，非徒譏評後山，實開示後學，欲其清新相接，毋徒事苦吟而不脱古人窠臼耳。查慎行《初白菴詩評》云：「罵倒後山，餘不待言。」翁方綱《石洲詩話》卷七云：「前首非不滿西江社也，此首亦並非斥陳後山也；此皆力爭上游之語，讀者勿誤會。」按：查初白「罵倒」之言似太過，翁覃谿「非斥」之辨而未盡然也。

謝靈運《登池上樓》詩：「池塘生春草，園柳變鳴禽。」鍾嶸《詩品中》評謝惠連詩末云：「《謝氏家錄》云：康樂每對惠連，輒得佳語。後在永嘉西堂，思詩竟日不就，寤寐間忽見惠連，即成『池塘生春草』。故常云：『此語有神助，非吾語也。』」（宋孔平仲《續世説》略本此，施國祁注引作《世説》，非是。）宋釋惠洪《冷齋夜話》卷三：「舒公曰：『池塘生春草，園柳變鳴禽之句，謂有神助，其妙意不可以言傳。』而古今文士，多從而稱之，謂之確論。……古之人意有所至，則見於情，詩句蓋其寓也。謝公平生喜見惠連，夢中得之，蓋當論其情意，不當泥其句也。」宋葉夢得《石林詩話》卷中：『池塘生春草，園柳變鳴禽』，世多不解此語為工，蓋欲以奇求之耳。此語之工，正在無所用意，猝然與景相遇，借以成章，不假繩削，故非常情所能到。詩家妙處，當須以此為根本，而思苦言難者，往往不悟。」宋張戒《歲寒堂詩話》卷上：「……潘、陸以後，專意詠物，雕鐫刻鏤之工日以增，而詩人之本旨掃地盡矣（謂詩言志也）！謝康樂『池塘生春草』……就其一篇之中，稍免雕鐫，麤足意味，便稱佳句。」宋葛立方《韻語陽秋》卷一：「詩人首二謝，而靈運之在永嘉，因夢見惠連，遂有『池塘生春草』之句，……皆得《三百五篇》之餘韻，是以古今以為奇作，（亦見宋魏慶之《詩人玉屑》卷十三引《唐子西文錄》）又曷嘗以難解為工也哉！」胡仔《苕溪漁隱叢話・後集》卷二云：「古今詩人，以詩名世者，或只一句，或只一聯，或只一篇；雖其餘別有好詩，不專在此；然播傳於後世，膾炙於人口者，終不出此矣，豈在多哉！如『池塘生春草』，則謝康樂也。……凡此，皆以一句名世者。」宋嚴羽《滄浪詩話・詩評》云：「漢、魏古詩，氣象混沌，難以句摘；晉以還，方有佳句：如淵明『採菊東籬下，悠然見南山』；謝靈運『池塘生春草』之類。謝所以不及陶者，康樂之詩精工、淵明之詩質而自然耳。」宋范晞文《對床夜語》卷三：「好句易得，好聯難得，如『池塘生春草』之類是也。」金王若虛《滹南詩話》卷一：「謝靈運夢見惠連，而得『池塘生春草』之句，以為神助。《石林詩話》云：『世多不解此語為工，蓋欲以奇求之耳。此語之工，正在無所用意，猝然與景相遇，借以成章，故非常情之所能到。』冷齋云：『古人意有所至，則見於情，詩句蓋寓也。謝公平生喜見惠連，而夢中得之，此當論意，不當泥句。』張九成（南宋初人，字子韶，有《橫浦集》）云：『靈運平日好雕鐫，此句得之自然，故以為奇。』田承君（田晝，字承君，北宋人。）云：『蓋是病起，忽然見此為可喜，而能道之，所以為貴。』」明陳繼儒《佘山詩話》卷下：「……池塘生春草。……俱千古奇語，不宜有所附麗，文章妙境，即此瞭然，齊、隋以還，神氣都盡矣。」

【注二】後山弟子魏衍《彭城陳先生集記》：「元符（哲宗）三年（十一月），……除秘書省正字。」韓愈《贈崔立之評事》七古：「頻聞怨句刺棄遺，豈有閑官敢推引。深藏篋笥時一發，戢戢已多如束筍。可憐無益費精神，有似黃金擲虛牝。」（《淮南子・墬形訓》：「丘陵為牡，谿谷為牝。」）王安石《韓子》七絕：「紛紛易盡百年身，舉世何人識道真？力去陳言夸末俗，可憐無補費精神。」黃庭堅《病起荊江亭即事》七絕十首之八云：「閉門覓句陳無己，對客揮毫秦少游。正字不知溫飽未？西風吹淚古藤州！」宋羅大經《鶴林玉露》卷十六云：「山谷云：『閉門覓句陳無己，對客揮毫秦少游。』世傳無己每有詩興，擁被臥床，呻吟累日，方能成章；少游則杯觴流行，篇詠錯出，略不經意。然少游流連光景之詞，而無己意高詞古，直欲追跡《騷》《雅》，正自不可同年語也。」宋末馬端臨《文獻通考》卷二百三十七引「石林葉氏曰：世言陳無己每登覽得句，即急歸臥一榻，以被蒙首，謂之吟榻；家人知之，即貓犬皆逐去，嬰兒稚子，亦皆抱持寄鄰家，徐待其起就筆硯，即詩已成，乃敢復常。蓋其用意專，不欲聞人聲，恐亂其思，故詩中亦時時自有言吟榻者。天下絕藝，信未有不精而能工者也。」《朱子語類》卷百四十：「『閉門覓句陳無己，對客揮毫秦少游。』無己平時出行，覺有詩思，便急歸擁被，臥而思之，呻吟如病者，或累日而後成，真是閉門覓句。」又南宋初徐度《卻掃篇》卷中云：「陳正字無己，世家彭城，後生從其遊者，常十數人。所居近城有隙地林木，閒，則與諸生徜徉林下，或楸然而歸，徑登榻，引被自覆，呻吟久之，矍然而興，取筆疾書，則一詩成矣。因揭之壁間，坐臥哦詠，有竄易至月十日乃定，有終不如意者，則棄去之。故平生所為至多，而見於集中者，纔數百篇。」（今存詩六百六十七首。）

山谷《答王子飛書》：「陳履常正字，天下士也，讀書如禹之治水，知天下絡脈，有開有塞；而至於『九川滌源』，『四海會同』（見《書·禹貢》）者也。作詩淵源，得老杜句法，今之詩人，不能當也。」又《與王直方書》：「辱教，并惠示《蠟梅詩》，感嘆，恨多病不能繼聲爾。頃來詩人，推陳無己得此意，每令人歎服之；蓋渠勤學不倦，味古人語精深，非有為不發於筆端耳。又《贈陳師道》七古起云：「陳侯學詩如學道（後山《次韻答秦少章》五古起云：「學詩如學仙，時至骨自換」本此。），又似秋蟲噫寒草，日晏腸鳴不俛眉，得意古人便忘老。」末云：「……十度欲言九度休，萬人叢中一人曉。貧無置錐人所憐，窮到無錐不屬天。【《莊子·盜跖篇》：「堯舜有天下，子孫無置錐之地。」《荀子·非十二子篇》：「無置錐之地，而王公不能與之爭名，……是聖人之不得勢者也，仲尼、子弓是也。」《傳燈錄》潭州靈祐禪師《傳香巖頌》：「去年貧，未是貧；今年貧，始是貧。去年貧，尚有卓錐之地，今年錐也無。」《宋史·文苑·陳師道傳》：「少而好學，苦志。……家素貧，或經日不炊。……初遊京師，踰年，未嘗一至貴人之門。傅堯俞（官中書侍郎）欲識之，……知其貧，懷金欲為餽，比至，聽其議論，益敬畏，不敢出。與趙挺之友壻，素惡其人，適預郊祀行禮，寒甚，衣無綿，妻就假於挺之家，問所從得，卻去不肯服，遂以寒疾死。」】呻吟成聲可管絃，能與不能安足言！」（謂誰毀誰譽，工與不工，皆所不論也。）又《奉和文潛贈無咎、篇末多以見及、以「既見君子，云胡不喜」為韻》五古八首之八云：「吾友陳師道，抱獨門掃軌。」（《後漢書・黨錮・杜密傳》：「杜密，字周甫，潁川陽城人也。……同郡劉勝，亦自蜀郡告歸鄉里，閉門掃軌，無所干及。」李賢注：「軌，車迹也，言絕人事。」）又《和邢惇夫秋懷十首》五古之九云：「吾友陳師道，抱瑟不吹竽。……秋來入詩律，陶、謝不枝梧。」又《和王觀復洪駒父謁陳無己長句》（七古）云：「陳君今古焉不學，清渭無心映涇濁。……主人自是文章伯，鄰里頗怪有此客；食貧各仕天一方，佳人可思不可忘。」則山谷實深愛後山，幾過於東坡之愛己也。而後山《答魏衍黃預勉予作詩》七古有云：「句中有眼黃別駕（山谷謫涪州別駕），洗滌煩熱生清涼。人言我語勝黃語（人言何足信），扶豎夜燎齊朝光。」（朝光，日也。《小雅・庭燎》：「夜如何其？夜未央，庭燎之光。」）開弓射羿，入室操戈，好名傾軋，大累清節矣。宋葛立方《韻語陽秋》卷二云：「魯直酷愛陳無己詩，而東坡亦不深許。魯直為無己揚譽，無所不至，而無己乃謂『人言我語勝黃語』何邪？」王士禛（漁洋）《池北偶談》卷十四，《後山詩話》條云：「陳無己平生皈向蘇公，而學詩於黃太史然……有詩云『人言我語勝黃語，扶豎夜燎齊朝光。』其自負不在二公之下，然予反復其詩，終落鈍根，視蘇、黃遠矣。」方東樹《昭昧詹言》卷十云：「姚薑塢先生云：『新城（漁洋新城人）云：後山詩，反覆觀之，終落鈍根。』按：此意不可知。」又引云：『後山於詩，果有未悟入處。』按：此論後山誠然。」又引云：「後山之師杜，如穆（修）、柳（開）之徒學文於韓也。後山之祖子美，不識其混茫飛動，沉鬱頓挫，而溺其鈍澀迂拙以為高；其師涪翁，不得其瑰瑋卓詭，天骨開張，而耽於洗剝渺寂以為奇。又云：後山五七古學杜、韓，其不可人意者，殆如桓宣武（温諡）之似劉司空（琨）」。【《晉書・桓温傳》：「於北方得一巧作老婢，訪之，乃（劉）琨伎女也，一見温，便潸然而泣，温問其故，答曰：『公甚似劉司空。』温大悦，出外整理衣冠，又呼婢問。婢云：『面甚似，恨薄；眼甚似，恨小；鬚甚似，恨赤；形甚似，恨短；聲甚似，恨雌。』温於是褫冠解帶，昏然而睡，不怡者數日。」】又云：「薑塢先生論後山之學杜，學韓、黃不至處云云；愚嘗細商其故，此非學之不至；得其粗似，而遺其神明精神之用云爾也，直由其天才不強耳。」後山詩，遺山之論，斯為定案。

其三十云：

「撼樹蚍蜉自覺狂，書生技癢愛論量。【注一】
老來留得詩千首，卻被誰人校短長？」【注二】

【注一】此首總結。先生褒譏前人詩，自謂「有戇直而無姑息」（《與聰上人書》，見前。）然「恐後之視今，猶今之視前」。（《漢書・京房傳》京房答元帝曰：「臣恐後之視今，猶今之視前也。」王羲之《蘭亭集序》本此。）己之所作，不知後人如何論量矣。查慎行《初白菴詩評》云：「文人習氣，好評量古人，而又恐人議己，先生亦復不免。」韓愈《調張籍》五古起云：「李、杜文章在，光燄萬丈長。不知群兒愚，那用故謗傷！蚍蜉撼大樹，可笑不自量。」《爾雅・釋蟲》：「蚍蜉，大螘。」音琵浮。【宋魏泰《臨漢隱居詩話》：「元稹作李、杜優劣論，（指《杜子美墓誌銘》，見前。）先杜而後李；韓退之不以為然，詩曰：『李、杜文章在，……可笑不自量。』為微之發也。」清沈德潛《唐詩別裁》卷四評韓公此詩云：「言生平願學者，惟在李、杜，故夢寐見之，更冀生羽翼以追逐之；見籍有志於古，亦當以此為正宗，無用歧趨也。元微之尊杜而抑李，昌黎則李、杜並尊，各有見地，至謂羣兒愚，指微之，魏道輔（泰）之言未可援引。」按：韓公《題杜子美墳》七古有云：「有唐文物盛復全，名書史冊俱才賢。中間詩筆誰清新？屈指都無四五人。獨有工部稱全美，當日詩人無擬倫。筆追清風洗俗耳，心奪造化回陽春。」何嘗不獨尊杜與元微之同哉！魏道補之言，誠不足信也。】東坡《張子野年八十五尚聞買妾述古令作詩》七律起句：「錦里先生自笑狂，莫欺九尺鬢眉蒼。」（錦里先生，借杜工部以比張先也。）東漢應劭《風俗通義》卷六《聲音》：「荊軻入秦，事敗而死。（高）漸離變名易姓，為人庸保，匿作於宋子，久之，作苦，聞其家堂上客擊筑，伎癢不能出，言曰：『彼有善不善。』」梁簡文帝《與湘東王書》：「吾輩亦無所遊賞，止事披閱，性既好文，時復短詠，雖是庸音，不能閣筆；有慚技癢，更同故態。」

【注二】先生《自題寫真二首・再題》七絕起句云：「高談世事真何者！多竊時名亦偶然。」又《自題二首》七絕之二云：「千首新詩百首文，藜羹不糝日欣欣。（《呂氏春秋・孝行覽・慎人篇》：「孔子窮於陳、蔡之間，七日不嘗食，藜羹不糝。」糝，古文糂，桑感切。《說文》：「以米和羹也。」）鏡中自照心語口，後世何須揚子雲。」（韓愈《與馮宿論文書》：「子雲之言曰：世不我知，無害也；後世復有揚子雲，必好之矣。」）

又有《論詩三首》，不能確知作於何年，然二章有「白頭生」之句；而前一年《懷益之兄》七律第六句云：「白頭新自夜來生。」夫髮久白則已無奈何而不常道之矣，此三詩或與前三十首相先後歟？茲並附於此。

其一云：

「坎井鳴蛙自一天，江山放眼更超然。【注一】

情知春草池塘句，不到柴煙糞火邊。」【注二】

【注一】《莊子・秋水篇》：「夫不為頃久推移，不以多少進退者，此亦東海之大樂也；於是埳

（本作坎，或用窞。《說文》：「坎，陷也。」「窞，坎中小坎也。」徒感切。）井之鼃（蛙之本字）聞之，適適（惕惕之叚借）然驚，規規然（小貌）自失也。」《荀子・正論篇》：「坎井之鼃，不可與語東海之樂。」《南史・孔珪傳》：「不樂世務，居宅盛營山水，憑几獨酌，傍無雜事。門庭之內，草萊不翦，中有蛙鳴。或問之曰：『欲為陳蕃乎？』（《後漢書・陳蕃傳》：「蕃年十五，嘗閑處一室，而庭宇蕪穢。父友同郡薛勤來候之，謂蕃曰：『孺子何不洒掃，以待賓客？』蕃曰：『大丈夫處世，當掃除天下，安事一室乎！』」）珪笑答曰：『我以此當兩部鼓吹，何必效蕃！』」又先生《眼中》七律五六云：「枯槐聚蟻無多地，秋水鳴蛙自一天。」此處之坎井鳴蛙，喻為詩之小有所得而竊自喜也；放眼超然，則大有得而不局於一隅矣。

【注二】春草池塘句，詳見《論詩》第二十九首【注一】。柴煙糞火，解見前《論詩》第十四首【注一】，蓋謂勞於炊爨者，則無暇尋詩，佳句無由得也。此先生自諷之辭，非輕視山林中人也。柴煙，薪未乾則多煙也；糞火，以鳥獸糞乾之為薪也。柴煙糞火，蓋貧士生涯，非泛指山林中人也。

其二云：

「詩腸搜苦白頭生，故紙塵昏枉乞靈。【注一】

不信驪珠不難（一作能，是。）得，試看金翅擘滄溟。」【注二】

【注一】謂徒事苦吟苦讀，詩亦未易工也，此略與姜白石、嚴滄浪同意。宋姜夔《白石道人詩集自敍》：「近過梁谿（在江蘇無錫），見尤延之（袤）先生，問余『詩自誰氏？』余對以『異時泛閱眾作，已而病其駁如也，三薰三沐，師黃太史氏。【山谷也。《國語・齊語》：「於是（魯）莊公使束縛（管仲）以予齊使，齊使受之而退。比至，三釁三浴之。」韋昭注：「以香塗身曰釁，亦或為薰。」三薰三沐，敬重其人之至也。】居數年，一語噤不敢吐，始大悟學即病，顧不若無所學之為得，雖黃詩亦偃然高閣矣。』（此上根人說法，淺學者不得而藉口也。）先生因為余言：『近世人士，喜宗江西，溫潤有如范致能（成大）者乎？痛快有如楊延秀（萬里）者乎？高古如蕭東夫（德藻），俊逸如陸務觀，是皆自出機軸，亶有可觀者，又奚以江西為！』余曰：『誠齋之說正爾。』」又《自敍二》云：「作者求與古人合，不若求與古人異；求與古人異，不若不求與古人合而不能不合，不求與古人異而不能不異。」宋嚴羽《滄浪詩話・詩辯》云：「夫詩有別材，非關書也；詩有別趣，非關理也。然非多讀書、多窮理，則不能極其至。所謂不涉理路，不落言筌者，上也。」（《莊子・外物篇》：「荃者所以在魚，得魚而忘荃；蹄者所以在兔，得兔而忘蹄；言者所以在意，得意而忘言。吾安得夫忘言之人而與之言哉！」）盧仝《走筆謝孟諫議寄新茶》詩：「三椀搜枯腸，唯有文字五千卷。」《左傳》哀公二十四年：「晉侯（定公）將伐齊，使來乞師，曰：『昔臧文仲以楚師伐齊，取穀，宣叔（臧文仲子）

以晉師伐齊，取汶陽。寡君欲徼福於周公，願乞靈於臧氏。』」

【注二】謂反求諸己，必自得之，如金翅大鵬之展翼於滄溟間也。驪珠：《莊子・列禦寇》：「河上有家貧恃緯蕭（織蠶箔）而食者，其子沒於淵，得千金之珠。其父謂其子曰：『取石來，鍛之。夫千金之珠，必在九重之淵，而驪龍頷下；子能得之者，必遭其睡也，使驪龍而寤，子尚奚微之有哉！』」後世謂文字造勝境者為探驪得珠。末句，猶老杜掣鯨魚碧海意也。金翅，蓋指大鵬，《莊子・逍遙遊》：「鵬之背，不知其幾千里也，怒而飛，其翼若垂天之雲。是鳥也，海運則將徙於南冥（溟）。……水擊三千里，摶扶搖而上者九萬里，去以六月息者也。」唐釋賢首《華嚴探玄記》：「迦留羅（梵語），此云妙翅鳥，鳥翅有種種寶色莊嚴，非但金。依《海龍王經》，其鳥兩翅相去三百六十萬里，閻浮提止容一足；依《涅槃經》，此鳥能食消龍魚七寶等。」（《妙法蓮華經》以金、銀、瑠璃、硨磲、瑪瑙、真珠、玫瑰為七寶。）

其三云：

「暈碧裁紅點綴勻，一回拈出一回新。【注一】
鴛鴦繡了從教看，莫把金鍼度與人。」【注二】

【注一】首句，喻詩之聲色格律皆甚調合也。中唐歐陽詹有《春盤賦》，以「裁紅暈碧助春情」為韻，先生《春日》七律起云：「里社春盤巧欲爭，裁紅暈碧助春情。」

【注二】喻學詩者須自得之，有所悟入，無可言說，徒生蔽障也。歐陽修《南歌子》詞（一作僧仲殊詞）：「等閒妨了繡功夫，笑問鴛鴦兩字怎生書。」唐馮翊《桂苑叢談》：「鄭侃女采娘，七夕陳香筵，祈於織女曰：『願乞巧』；織女乃遺一金針，長寸餘，綴於紙上，置裙帶中，令三日勿語，汝當奇巧。」後世因以金針為傳授秘要之辭。白居易有《金針詩格》三卷，梅堯臣有《續金針詩格》一卷，皆詩話之類，見明胡震亨《唐音癸籤》卷三十二，今皆亡。楊萬里《誠齋詩話》有引《金針法》，未詳何書。針，鍼之俗字也。

金哀宗天興二年癸巳，先生四十四歲。西面元帥崔立作亂，以汴京降蒙古，先生挈家隨眾北渡，羈管聊城。十二月二十二日，撰《中州集》，存金源一代之詩。大旨以詩存史，故姓名下各列小傳，往往旁及佚事，足資考證。所錄詩亦多氣格遒上，王漁洋主於風華神韻，頗不滿之，非公論也。宋家鉉翁盛稱之，以為胸懷卓犖，過人遠甚。元虞道園亦以為君子固有深憫其心矣。

蒙古定宗后聽政二年、己酉（宋理宗淳祐九年），先生六十歲。是年夏，由家出居鎮陽（河北正定縣）。秋，至燕京。冬，還鎮陽，有《自題中州集》五首，蓋亦論詩絕句也。

其一云：

「鄴下曹劉氣儘豪，江東諸謝韻尤高。【注一】若從華實論詩品，未便吳儂得錦袍。」【注二】

【注一】曹劉：見前《論詩》三十首之二【注一】。鄴下：見《論詩》三十首之三【注一】。江東諸謝：江東，指金陵，東晉、劉宋、蕭齊所都也。魏禧《日錄雜説》：「江有南北而無東西，金陵、豫章俱在江南。對豫章言，則金陵居江南之東，……故宋以金陵、太平、寧國、廣德為江南東路。」（江東，原見《史記‧項羽本紀》）江東諸謝，鍾嶸《詩品》列上品者，有宋臨川太守謝靈運。列中品者，有宋謝世基、宋豫章太守謝瞻、宋僕射謝混、宋法曹參軍謝惠連、齊吏部謝朓。列下品者，有宋光祿謝莊、齊黃門謝超宗。《詩品序》云：「預此宗流者，便稱才子。至斯三品升降，差非定制，方申變裁，請寄知者耳。」

【注二】唐劉餗《隋唐嘉話》卷下：「武后遊龍門，命羣官賦詩，先成者賞錦袍。左史東方虬既拜賜，坐未安，宋之問詩復成，文理兼美，左右莫不稱善，乃就奪袍衣之。」華實：《左傳》文公五年晉甯嬴評陽處父云：「華而不實，怨之所聚也。」先生詩意：謂《中州集》中諸人詩實而不華，未必弱於南宋諸家也。曹、劉、諸謝皆喻金源作手，不必泥於鄴下、江東，強分南北也。

其二云：

「陶謝風流到百家，半山老眼淨無花。【注一】北人不拾江西唾，未要曾郎借齒牙。」【注二】

【注一】半山老人，王安石號也。安石故宅曰半山亭，蓋自南京城東門至蔣山，此為半道也。宋葉夢得《避暑錄話》：「王荊公不耐靜坐，非臥即行。晚居鍾山謝公墩，自山距城適相半，謂之半山。」半山老眼淨無花，蓋遺山自比，謂所鈔錄《中州集》中人所作尚無誤耳；非真詡半山也。王半山有《唐百家詩選》二十卷，宋晁公武《郡齋讀書志》卷四下：「《唐百家詩選》二十卷，皇朝宋敏求次道編。次道為三司判，嘗取其家所藏唐人一百八家詩選，擇其佳者，凡一千二百四十六首為一編。王介甫觀之，因再有所去取，且題云：『欲觀唐詩者，觀此足矣。』世遂以為介甫所纂。」宋邵伯溫《邵氏聞見錄》：「晁以道（名說之，號景迂，北宋人。）言：荊公與宋次道同為羣牧司判官，次道家多唐人詩集，荊公盡假其本，擇善者籤帖其上，令吏抄之；吏厭書字多，輒移荊公所取長篇籤，置所不取小詩上，荊公不復更視。唐人眾詩集，以經荊公去取，皆廢。今世所謂《唐百家詩選》曰荊公定者，乃羣牧司吏人定也。」觀此，則先生老眼無花之云，蓋自謂，非詡荊公也。百家，亦借喻《中州集》中金源一代作手，非譽荊公所選諸唐人也。（宋陳振孫《直齋書錄解題》：「王安石以宋次道家所有唐人詩集，遂為此編。世言李、杜、韓詩不與為有深意；其實不然。案：此集非特不及此三家，如唐名人王右丞、韋蘇州、元、白、劉、柳、孟東野、張文昌之倫，皆不在選。荊公所選，特世所罕見，其顯然共知者，固不待入選耶？抑宋次道家獨有此一百五集，據而釋之，他不復及耶？未可以臆斷也。」）

【注二】宋曾慥有《皇宋詩選》五十七卷，金人不與焉，故先生云爾，非真鄙薄黃涪翁及江西諸君子也。江西詩已見《論詩》三十首之二十八【注一】及【注二】，不贅矣。宋晁公武《郡齋讀書志》卷四下：「《皇宋詩選》五十七卷。皇朝曾慥，魯公裔孫（慥，字端伯，號至游居士，仁宗時相曾公亮明仲之裔孫。），守贛州，帥荊渚日，選本朝自寇萊公以次至僧璉二百餘家詩。《序》云：『博採旁搜，拔尤取穎，悉表而出焉。』」宋陳振孫《直齋書錄解題》：「一百卷，太府卿曾慥端伯編，所以續荊公之《詩選》。而識見不高，去取無法，為小傳，略無義類，議論亦凡鄙。陸放翁以比《中興間氣集》（書三卷，唐高仲武選，今存。荊公及端伯二書，則皆亡矣。）謂相甲乙，非虛語也。其言歐、王、蘇、黃不入選，以比荊公不及李、杜、韓之意；荊公前選實不然，予固言之矣。」宋家鉉翁《題中州詩集後》云：「暇日，獲觀遺山元子所裒《中州集》者，……盛矣哉！元子之為此名也；廣矣哉！元子之用心也。夫生於中原，而視九州四海之人物；猶吾同國之人，生於數十百年後而視數十百年前人物，猶吾生並世之人。片言一善，殘編佚詩，搜訪惟恐其不能盡，余於是知元子胸懷卓犖，過人遠甚！」

其三云：

「萬古騷人嘔肺肝，乾坤清氣得來難。【注一】
詩家亦有《長沙帖》，莫作宣和閣本看。」【注二】

【注一】韓愈《贈崔立之評事》七古：「勸君韜養待徵招，不用雕琢愁肝腎。」李商隱《李長吉小傳》：「恒從小奚奴，騎距驢，背一古破錦囊，遇有所得，即書投囊中。及暮歸，太夫人使婢受囊出之，見所書多，輒曰：『是兒要當嘔出心乃已爾！』」晚唐僧貫休《古意》五古九首之四起云：「乾坤有清氣，散入詩人脾。」

【注二】元陶宗儀《輟耕錄》：「《潭帖》（潭州即長沙），乃僧希白所摹，有江左（謂東晉王義之諸人）風味，東坡推為《勝閣帖》（原謂太宗時之《淳化閣帖》，東坡、米南宮已力詆之；想先生所見徽宗時之《宣和閣帖》，必等而下之矣。）云。」元陳繹曾《翰林要訣》云：「《潭帖》（原與《長沙帖》不同，見下。），《淳化》之子，寶月大師模，風韻和雅，血肉停勻；但形勢俱圓，頗乏峭健之氣。」清周行仁《淳化秘閣法帖源流考》云：「《淳化秘閣法帖》既頒行，潭州即模刻二本，謂之《潭帖》；曹陶齋士冕嘗見其初本，謂與舊《絳》（宋潘師旦刻，以《閣帖》為母，益以他帖，分二十卷，後入于金。）雁行，世不知有此本，遂以慶歷《長沙帖》為《潭帖》，誤矣。」先生此結、是以書法喻詩，《長沙帖》佳，以比《中州集》中諸作；《宣和閣帖》不佳，以比餘選若曾端伯所錄者之劣也。

其四云：

「文章得失寸心知，千古朱（幺）絃屬子期。【注一】恨殺溪南辛老子，相從何止十年遲。」【注二】

【注一】杜甫《偶題》五排起句：「文章千古事，得失寸心知。」幺絃：幺，小也，幼也。宋計有功《唐詩紀事》：「劉夢得曰：詩僧多出江右，如幺絃孤韻，瞥入人耳，非大音之樂。」

東坡《次韻景文山堂聽箏》七絕三首之三起句云：「荻花楓葉憶秦姝，切切幺絃細欲無。」《呂氏春秋・孝行覽・本味篇》：「伯牙鼓琴，鍾子期聽之。方鼓琴而志在太山，鍾子期曰：『善哉鼓琴，巍巍乎若太山。』少選之間，而志在流水，子期又曰：『善哉乎鼓琴！湯湯乎若流水。』鍾子期死，伯牙破琴絕絃，終身不復鼓琴，以為世無足復為鼓琴者。」子期，先生自喻也。

【注二】東坡《次韻荊公四絕》之三結句云：「勸我試求三畝宅，從公已覺十年遲。」白居易《初除主客郎中知制誥……話舊感懷》七律結句：「莫怪不知君氣味，此中來校十年遲。」先生《中州集・溪南詩老辛愿小傳》：「愿字敬之……自號女几山人。年二十五，始知讀書，……由是博極羣書，於三傳為尤精；至於內典，亦稱該洽；杜詩韓筆，未常一日去其手。作文有綱目不亂，詩律深嚴，而有自得之趣。……雅負高氣，不能從俗俯仰，迫以飢凍，又不得不與世接，其枯槁憔悴，流離頓踣，往往見之於詩。元光（金宣宗）初，余與李欽叔（名獻能，少先生二歲，入《金史・文藝傳》，辛敬之在《隱逸傳》。）在孟津（時元光元年，先生三十三歲，嘗至孟津，見拙著《元遺山詩編年選注》。孟津，在河南孟縣南。），敬之在女几（山名，在河南宜陽縣西九十里。）來，為之留數日；其行也，欽叔為設饌，備極豐腆。……敬之佳句極多，如：『自憐心似魯連手，人道面如裴晉公。』『萬事直須稱好好，百年端欲付休休。』『院靜寬留月，窗虛細度雲。』『浪翻魚出浦，花動鳥移枝。』之類，恨不能悉記耳。……敬之落落自拔，耿耿自信，百窮而不憫，百辱而不沮，任重道遠，若將死而後已者三十年，亦可謂難矣。……敬之業專而心通，敢以是非白黑自任，……故人始而怒之罵之，中而疑之，已而信服之。至論朋輩中，有公鑒而無姑息者，必以敬之為稱首。」《金史・隱逸・辛愿傳》：「有詩數千首，常貯竹橐中。正大（金哀宗）末，歿洛下。其詩有云：『黃綺暫來為漢友，巢、由終不是唐臣。』真處士語也。」

其五云：

「平世何曾有稗官，亂來史筆亦燒殘。【注一】
百年遺藁天留在，抱向空山掩淚看。」【注二】

【注一】謂金源學人不肯撰著紀述，亂後則並國史所記亦無矣。《漢書・藝文志・諸子略・小說家》：「小說家者流，蓋出於稗官。街談巷語、道聽塗說者之所造也（魏如淳注：「細米為稗。街談巷說，其細碎之言也。王者欲知閭巷風俗，故立稗官，使稱說之。」顏師古曰：「稗官，小官。」）。……閭巷小知者之所及，如或一言可采，此亦芻蕘狂夫之議也。」《禮・曲禮上》：「史載筆，士載言。」《晉書・曹毗傳》：「既登東觀，染史筆；又據太學，理儒功。」曹植《求自試表》：「使名掛史筆，事列朝榮。」亂來，謂世亂變亂以來，即亂後也。

【注二】百年遺稿，謂《中州集》中諸人之作也。孟郊《弔盧殷》五古十首之一起句云：「詩人多清峭，餓死抱空山。」掩淚，猶掩涕，掩面垂淚也。揚雄《反離騷》：「臨江瀕而掩涕兮，何有《九招》與《九歌》！」

附錄

又按：金宣宗貞祐四年丙子，先生二十七歲。其《龍門雜詩》五古有云：「學詩二十年，鈍筆死不神。」先生四歲讀書，七歲能詩（見《金史．文藝傳》及其弟子郝經《遺山先生墓銘》）；而先生《南冠錄》自謂八歲學作詩，殆七歲能成詩，而八歲始篤學之也。自金章宗承安二年先生八歲至宣宗貞祐四年二十七歲，已學詩二十年。是年（作《論詩》三十首前一年，二十七歲。），有《感興》七絕四首，亦論詩之作也。

其二云：

「夢中驚見白頭新，【注一】信口成篇却自神。
天上近來詩價重，一聯直欲換青春。」【注二】

【注一】是年秋，先生有《懷益之兄》（先生兄弟本三人，長好古，字敏之；次好謙，字益之；再次即先生。敏之死於貞祐二年三月蒙古兵屠太原之禍，年二十九耳。）七律五六云：「黃耳定從秋後到，白頭新自夜來生」，與此正合。

【注二】先生自注云：「後二句夢中所得。」按：此或託詞，天上，喻金廷；末句，平步青雲意也。

其二云：

「詩印高提教外禪，【注一】幾人針芥得心傳？【注二】并州未是風流域，五百年中一樂天。」【注三】

【注一】禪宗別「教」與禪為二：謂達磨西來，單傳心印，開示迷途，不立文字，直指人心，見性成佛。故稱三藏（謂經、律、論三者包藏一切法義）經典及依經典以立宗者曰教；不立文字，教外別傳者曰禪。蓋利根頓悟者也。

【注二】此歎得詩學真傳者之難也。《涅槃經・純陀品》：「芥子投鍼鋒，佛出難於是。」謂以微小之芥子投於幾不可見之針鋒中，而欲其命中，此必無之事；設此譬者，極言佛出世之難遇也。宋末方回《瀛奎律髓》卷三十六《論詩類》小序云：「詩人，世豈少哉！而傳世者常少。由立志不高也，用心不苦也，讀書不多也，從師不真也。喜為詩而終不傳，其傳不傳，蓋亦有幸有不幸；而其必傳者，必出乎前所云四事。」（清吳寶芝《重刊律髓記言》云：「觀其論詩小序云：『立志必高，讀書必多，用力必勤，師傳必真。四者不備，不可言詩。』可知其於此事，煞費工夫來。」）方虛谷讀書必多之說，誠是篤論；近人每每耳食，妄舉嚴滄浪之言，以為是「詩有別來，非關學也。」不知嚴羽《滄浪詩話・詩辯》原云：「夫詩有別材，非關書也；詩有別趣，非關理也。然非多讀書，多窮理，則不能極其至。」觀此，則嚴滄浪果主於為詩者不讀書乎？

【注三】東漢并州刺史治晉陽，即山西太原。唐白居易太原人，遺山亦然。三句，謂荊州風流人物之詩人少也。末句，隱謂自白樂天以來，只今惟有己耳。

其三云：

「廓達靈光見太初，眼中無復野狐書。【注一】
詩家關捩知多少？一鑰拈來便有餘。」【注二】

【注一】謂己具正法眼，了無上義，「超無為以至清，與泰初而為鄰」（屈原《遠遊》），「高義薄雲天」（沈約《宋書・謝靈運傳論》），「俗物都茫茫」（杜甫《壯遊》詩）也。廓達，猶豁達，豁然洞達也。靈光，謂己所具神異眼光。東漢王延壽有《魯靈光殿賦》，見《蕭選》，又佛家謂靈光是人之靈性光明，宋釋普濟《五燈會元・百丈章》：「靈光獨曜，迥脱根塵。」遺山是用佛家語。太初，《列子・天瑞篇》：「太初者，氣之始也。」野狐禪：禪家以外道非正見為野狐禪，疊見北宋初真宗時吳僧道原之《傳燈錄》，且成口語，不贅矣。

【注二】關捩，猶云關鍵；捩，音列，拗也。《傳燈錄》卷九唐黃蘗禪師曰：「橫説豎説，猶未知向上關棙（通捩）子。」又卷十八唐《神晏禪師傳》：「如何是向上關棙子？」又山谷《與元勛不伐書》：「如何方駕古人？須識古人關捩，乃可下筆。今代少年，能學詩者，前有王逢原，後有陳無己，兩人而已。但要直下道，而語不粗俗耳。」又《與徐甥師川書》：「精治一經，知古人關捩子；然後所見書傳，知其旨趣。」宋曾季貍《艇齋詩話》：「後山論詩説換骨（「學詩如學仙，時至骨自換。」）東湖（山谷甥徐俯師川）論詩説中的，東萊（呂本中居仁）論詩説活法，子蒼（韓駒，以上皆江西詩派）論詩説飽參。入處雖不同，然其實皆一關捩，要知非悟入不可。」意謂杜、韓、蘇、黃等，惟一直道，了無他途，但取古人而師之，歸而求之有餘師矣。

其四云：

「好句端如緑綺琴，靜中窺見古人心。【注一】

陽春不比《黃夸曲》，未要千人作賞音。」【注二】

【注一】西晉傅玄《琴賦序》：「齊桓公有琴曰號鐘，楚莊王曰繞梁；中世司馬相如有琴曰綠綺，蔡邕有琴曰焦尾，皆名器也。」（唐徐堅《初學記》卷十五《雅樂》引傅玄《琴賦》謂「蔡邕有琴曰綠綺，蓋徒憑記誦偶不檢書之誤。）西晉初張載擬《四愁詩》：「美人遺我綠綺琴，何以報之雙南金。」（《詩．魯頌．泮水》）「元龜象齒，大賂南金。」孔穎達疏：「廣賂我以南方之金。」陸機《文賦》：「立片言而居要，乃一篇之警策。」建安以後，詩不能無佳句矣。《詩．邶風．燕燕》：「我思古人，實獲我心。」陸機《文賦序》：「余每觀才士之所作，竊有以得其用心。」首二句，先生自謂也，可謂驥子墮地，便有千里之志矣。

【注二】謂己之所作，非同庸音凡響也。《莊子．天地篇》：「大聲不入於里耳，折楊皇夸，則溘然而笑。是故高言不止於眾人之心，至言不出，俗言勝也。」唐陸德明《經典釋文．莊子音義》「夸，撫于反，本又作華（《説文》夸是華之或體。），音花。」唐成玄英《莊子疏》：「《折楊》《皇夸》，蓋古之俗中小曲也。」宋玉《對楚王問》：「客有歌於郢中者，其始曰《下里》《巴人》，國中屬而和者數千人；其為《陽阿》《薤露》，國中屬而和者數百人；其為《陽春》《白雪》，國中屬而和者，不過數十人；引商刻羽，雜以流徵，國中屬而和者，不過數人而已。是其曲彌高，其和彌寡。」曹植《求自試表》：「夫臨博而企竦，聞樂而竊抃者，或有賞音而識道也。」《三國志・吳志・周瑜傳》劉宋裴松之注引晉虞溥《江表傳》，周瑜謂蔣幹曰：「吾雖不及夔、曠，聞絃賞音，足知雅曲也。」

金宣宗興定三年己卯（宋寧宗嘉定十二年），先生三十歲。是年春，自昆陽回居登封。有《答俊書記學詩》七絕，清李光廷《廣元遺山年譜》卷上云：「俊書記，即清涼相弟子，時在永寧。」詩云：

「詩為禪客添花錦，禪是詩家切玉刀。【注一】
心地待渠明白了，百篇吾不惜眉毛。」【注二】

【注一】此亦論詩絕句也。謂僧人能詩，可以喻禪機，譬之添花錦上，愈益深玄矣；而詩人用禪入句，尤更渾涵要妙，包蘊深衷，含義無盡也。先生此喻，深受蘇、黃影響，有自來矣。又宋嚴羽《滄浪詩話・詩辯》云：「禪家者流，乘有小大，宗有南北，道有邪正；學者須從最上乘，具正法眼，悟第一義。」又云：「論詩如論禪。」又云：「大抵禪道，惟在妙悟；詩道亦在妙悟。」又云：「從頂顊（寧上聲，頂也。）上做來，謂之向上一路，謂之直截根源，謂之頓門，謂之單刀直入也。」王安石《即事》七律五六：「嘉招欲覆盃中淥，麗唱仍添錦上花。」山谷《了了庵頌》：「又要涪翁作頌，且用錦上添花。」《孔叢子・陳事義》篇：「秦王得西戎利刀，以之切玉，如割水焉，以示東方諸侯。魏王問子順曰：『古亦有之乎？』對曰：『昔周穆王大征西戎，西戎獻錕鋙之劍，火浣之布。其劍長尺有咫，鍊鋼赤刃，用之切玉，如切泥焉，是則古亦有也。』」葛洪《抱朴子・內篇・論仙》：「魏文帝窮覽洽聞，自呼於物無所不經，謂『天下無切玉之刀，火浣之布。』及著《典論》，嘗據言此事其間。未期二物畢至，帝乃歎息，遽毀此論。事無固必，殆為此也。」

【注二】如來三十二相，有白毫，僧受用之物曰白毫之賜。隋嘉祥寺釋吉藏《法華義疏》卷三：「《智度論》：『出小乘人解白毫相云：舒之即長五尺，卷之即如旋螺。』《觀佛三昧經》云：『為太子時長五尺，樹下時長一丈四尺五寸，成道時一丈五尺。舒之，表裏有清徹白淨光明，置之，便失淨光而卷縮在兩眉之間。』」《佛藏經下》：「舍利弗：如來滅後，白毫相中百千億分，其中一分供養舍利及諸弟子；舍利弗！設使一切世間人皆共出家隨順法行，於白毫相百千億分不盡其一。」宋釋宗鑑《釋門正統》卷三：「如來留白毫一分功德供養末世弟子。」先生此詩殆以宗派祖師自任；觀其所成，實亦無愧黃雙井也。

編後語

先嚴陳湛銓教授遺著《周易講疏》、《蘇東坡編年詩選講疏》及《元遺山論詩絕句講疏》三書得以順利付梓，實蒙何文匯教授鼎力玉成，深表銘感。《周易講疏》完稿於五十年代後期至七十年代後期，歷時較長。其中《周易乾坤文言講疏》刊行於一九五八年，由香港聯合書院中國文學會出版。其後所注「六子」，約完稿於一九六四年；而詳釋《繫辭傳》，則完稿於一九七三年。又於七十年代後期，注釋「餘卦」(《泰》《否》《既濟》《未濟》《咸》)。現存之《繫辭傳》、「六子」及「餘卦」講義，乃七十年代由先嚴親筆撰寫並影印。《元遺山論詩絕句講疏》約完稿於一九六七年。其中《元遺山論詩絕句三十首》一至二十六首，曾刊於一九六八年出版之《香港浸會學院學報》第三卷第一期。該書之初稿為油印講義，由長兄樂生鈔寫。《蘇東坡編年詩選講疏》約完稿於一九六八年。該書之初稿亦為油印講義，由二兄赤生鈔寫。年前余等撿拾先嚴遺稿，得較完整之講義三套，擬整理成書，刊行天下。議定達生負責，先行將《周易講疏》及《元遺山論詩絕句講疏》兩書稿件轉為電子文稿，後得何文匯教授協助，聯繫香港商務印書館，復會同海生、香生檢視校正，補綴拾遺。長兄樂生書名題籤。春秋代序，寒往暑來，倏忽二載矣。三書蒙「伍福慈善基金」贊助出版，謹表謝忱。又蒙何乃文教授、何文匯教授、鄧昭祺教授分別為《蘇東坡編年詩選講疏》、《周易講疏》、《元遺山論詩絕句講疏》惠賜序文，謹致衷心謝意。惟編校過程疏漏在所難免，大雅君子，祈為見諒。

二零一四年，歲次甲午，炎炎盛夏，編者謹誌。